读好书系列 彩色插图版

感悟人间大爱的
真情故事

墨 人 ◎ 主编

吉林出版集团股份有限公司

图书在版编目(CIP)数据

感悟人间大爱的真情故事 / 墨人主编. -- 长春：吉林出版集团股份有限公司, 2012.6
(读好书系列)
ISBN 978-7-5463-9664-4

Ⅰ.①感… Ⅱ.①墨… Ⅲ.①儿童故事—作品集—世界 Ⅳ.①I18

中国版本图书馆CIP数据核字(2012)第118369号

感悟人间大爱的真情故事
GANWU RENJIAN DAAI DE ZHENQING GUSHI

主　　编	墨　人
出 版 人	吴　强
责任编辑	尤　蕾
助理编辑	杨　帆
开　　本	710mm×1000mm　1/16
字　　数	100千字
印　　张	10
版　　次	2012年6月第1版
印　　次	2022年9月第3次印刷

出　　版	吉林出版集团股份有限公司
发　　行	吉林音像出版社有限责任公司
地　　址	长春市南关区福祉大路5788号
电　　话	0431-81629667
印　　刷	河北炳烁印刷有限公司

ISBN 978-7-5463-9664-4　　　　定价:34.50元

版权所有　侵权必究

前言
QIAN YAN

真情如春天娇艳的花朵,给人以芬芳的气息。

真情如夏日凉爽的轻风,给人以清凉的抚慰。

真情如秋日金色的果实,给人以收获的喜悦。

真情如冬日温暖的阳光,给人以温馨的问候。

人间自有真情在,世界的每个角落都在上演着动人的故事。真情一直陪伴在我们身边,只有在仔细体味它的时候,才能体会到人们的善良、和谐与美好。世界是美好的,只要有人就一定会有真情存在,所以真情永留人间。那些虽然转瞬即逝但仍旧湿润我们眼眶的丝丝真情,那些纵然久远也不会被忘记的感人故事,都会在我们的心灵深处慢慢沉淀,任光阴流逝,而我们一生都在追忆着、珍惜着、感恩着……

本书选编了数十篇真实、美好、感人的故事,与大家一起分享一段段令人难忘的亲情、友情、师生情……我们应该珍惜自己所拥有的每一份真情,用心去体会,用心去感恩——感谢养育自己的父母,感激教育自己的教师,感谢关心过我们的朋友……因为是他们给了我们动力,助我们走向成功。

品读每一个真情故事,都会收获一次心灵的洗礼。希望本书中这些感人至深的故事,能让你在轻松阅读的同时体会到人世间的至情至爱。希望一粒粒真情的种子,在每个人心中发芽、开花、结果。

——编 者

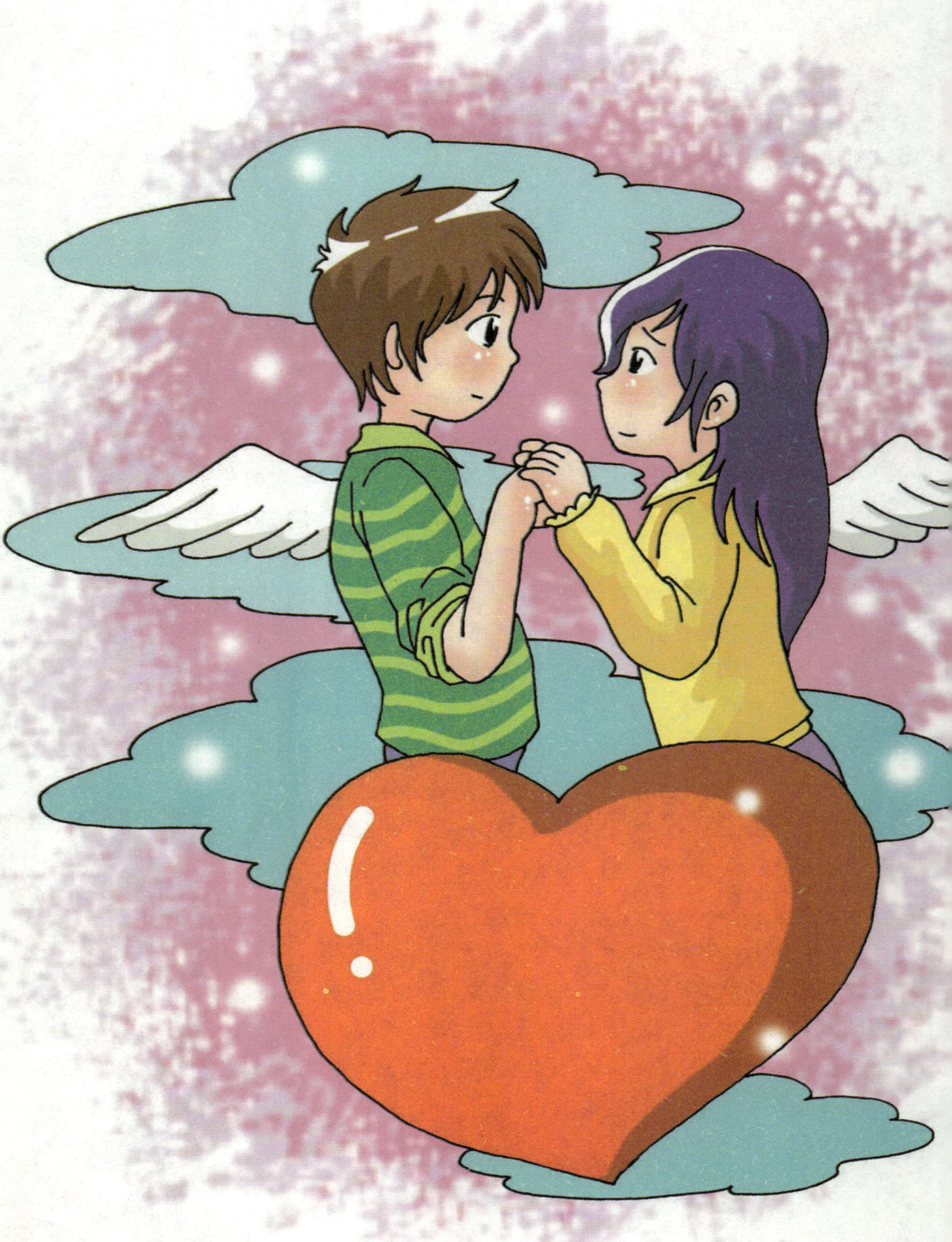

目录

求求你们让我再救一个 … 1
谢谢您，老师 …… 3
用双臂支撑起的生命 …… 7
母爱残忍 …… 10
一个鱼头七种味 …… 12
母爱是一根穿针线 …… 14
生日蛋糕 …… 16
父爱如山 …… 18
路灯下的身影 …… 20
一副眼镜 …… 22
妈妈的易拉罐 …… 24
爱是一种人生态度 …… 28
宽容的是别人，受益的是自己 …… 30
并不是真正需要鸡蛋 …… 32
给我一个普通的冰淇淋 …… 34
爱是生命中最好的养料 …… 36
别让心灵荒芜 …… 38
感恩的心 …… 40
常怀善念 …… 42
母亲的第72封信 …… 44
该记取的与该忘记的 …… 48
找到善良的指南 …… 50
一秒钟的浪漫 …… 52
母爱不会有"盗版" …… 54
宽容他人对自己的恶意伤害 …… 56
请帮我打个电话 …… 58
生日快乐 …… 60

感悟人间大爱的 真情故事

让我们藏起眼泪，微笑 …… 62
妻子的心 …………………… 64
蜘蛛人头套 ………………… 68
短暂的友谊 ………………… 70
父亲的角色 ………………… 72
父亲一样的大叔 …………… 74
秋天的怀念 ………………… 78
把报纸放下 ………………… 80
目标的力量 ………………… 84
父母不可能时刻都在你身边 … 88
给妈妈的礼物 ……………… 92
女儿出走 …………………… 96
一个女孩让我明白了爸爸的爱 … 100
幸福铃声 …………………… 104
眼睛 ………………………… 108
另一种幸福 ………………… 112
母亲的信 …………………… 116
幸福的第六根手指 ………… 120
装满爱的银行卡 …………… 124
爱的礼物 …………………… 128
永不泯灭的亲情 …………… 132
小小的举动感动了所有的人 … 136
用歌声唤起精神和勇气 …… 139
最温暖的手 ………………… 141
暴风雨夜的奇遇 …………… 144
生死跳伞 …………………… 146
一定要把心爱之物买到手 … 150

感悟人间大爱的
真情故事

让我再救一个

求求你们

真情感言

"求求你们让我再救一个！"，这是用生命的力量发出的呐喊。正是有了这些舍生忘死的英雄，我们的人民才多了一份坚强，多了一份希望……你们是人民最伟大的守护者，人民感激你们。

2008年5月12日下午2点28分，四川省发生里氏8.0级强烈地震，震中位于阿坝藏族羌族自治州汶川县。当地震发生时，绵竹市一所学校的学生们正在上课，顷刻间，该校的主教学楼坍塌了大半，有100多个孩子被压在了下面，全是小学生。

战士在废墟中已经搜救出了十几个孩子和30多名遇难者。然而就在抢救到了关键时刻时，突然教学楼的废墟因为余震和机吊操作发生了移动，随时有可能再次发生坍

1

读好书系列

塌,再进入废墟救援十分危险,几乎等于送死。当时的消防指挥下了死命令,让钻入废墟的人马上撤出来,要等到坍塌稳定后再进入。然而此时,几个刚从废墟出来的战士大叫又发现了孩子。几个战士听见了,转头又要往里钻,这时坍塌发生了,一块巨大的混凝土块眼看就要掉下来,那几个往里钻的战士被其他战士死死拖住,两帮人不断拉扯,最后废墟上的战士们被拖到了安全地带。就在这时,一个刚从废墟中救出了一个孩子的战士突然跪下来大哭,对拖着他的人说:"你们让我再去救一个,求求你们让我再去救一个!我还能再救一个!"

看到这个情形,所有的人都哭了,废墟第二次坍塌。

后来,那几个孩子还是被挖出来了,但却只有一个还活着。看着那些年轻的战士抱着那个幸存的小女孩在雨中大叫着跑向救援队所在的帐篷时,在场的每一个人都已经泣不成声……

谢谢您，老师

真情感言

面对突如其来的灾难，生命是如此的脆弱，逾万条生命顷刻间逝去。但在大爱面前，生命又如此顽强。发生在废墟上的一幕幕闪耀着人性光辉的无私大爱，创造了一个又一个生命奇迹。

面对灾难，人的本能就是逃生。但是，在汶川地震发生时，正给幼儿园大班辅导的红岩镇中心小学周汝兰老师没有抛弃她的学生逃生，而是一次、两次、三次、四次冲进教室抢救学生，直到全班52名学生成功脱离危险。

慌乱中抓起孩子就往外跑

2008年5月12日，13时50分到14时30分，这是彭州市红岩镇小学下午的

读好书系列

第一节课。在幼儿园大班，34岁的女教师周汝兰原本想给孩子们讲讲新课，但是天气闷热，周老师担心孩子们乏困，于是让他们在教室里睡觉，写字画画也可以。14时28分，地面开始摇晃。"快往门外跑，快点！"周汝兰下意识觉得是地震来了，惊慌得几乎吼叫起来。由于全班的学生都是4~6岁的幼儿，顿时被惊吓得大声哭喊，乱作一团。"同学们，快跑，快跑啊！"周汝兰一边喊叫着一边抓起两个学生就往小操场上跑！一些年龄稍微大点儿的学生见状，也慌乱地朝教室外挤。

浓烟四起 第一次冲进教室

房屋受到剧烈震动，顿时升起浓浓的烟尘，笼罩着整个学校。此时，已经有10多个学生跑到操场上。周汝兰放下手中的孩子，叮嘱出来的学生蹲在地上不要动，随即跑进教室抢救其他学生。由于不少孩子都朝门外跑，几乎把整个门堵住了。周汝兰赶紧理顺秩序，然后跑到后面一脚踹开紧闭的后门，左手提一个，右手抓一个，跑到小操场。

瓦片飞扬 第二次冲进教室

短短的十几秒钟，地震越来越厉害。教室屋顶的瓦片在周汝兰头上哗哗作响。没来得及思索，她又冲进了教室，看见三个学生居然还在睡觉,她奋力摇醒他们,抓了两个学生就朝外跑。

地动山摇　第三次冲进教室

当大多数孩子已经成功转移到操场上时,此时整个红岩镇已经是地动山摇!哗啦啦的房屋坍塌声不绝于耳。"不好,教室里还有学生!"周汝兰隐约看见教室最里边还有三个孩子趴在课桌上哭泣,她大呼一声,迅速冲进教室。当她拖着孩子冲出教室时,已经疲惫不堪。

还差两个孩子　第四次冲进教室

不知是累了还是被吓坏了,周汝兰双脚发软地站在操场上清点人数。"52人?天哪,不是54人吗?"周汝兰第四次冲进教室,由于此时灰尘漫天飞扬,教室里能见度非常低,周汝兰在教室里大声呼喊:"还有人吗?""周老师快出来,今天有两个学生请假了!"直到该班班主任杨老师赶来大声呼喊时,周汝兰才最后一次从教室里跑了出来。地震过去了,看着整整齐齐蹲在地上的孩子们,周汝兰的泪水和着汗水顿时喷涌而出。

对不起
其他可爱的孩子们

周汝兰是四年级二班的班主任,当时是临时抽调到幼儿园上课。地震时,她没有在自己班上孩子们的身边,心里很是愧疚,幸好大家都平安无事。周汝兰说,在抢救幼儿园的小朋友时,根本来不及想自己班上的学生,连自己的女儿也顾不上想。周汝兰见到自己的女儿何玲宇时已经是晚上7点多了。"妈妈回家就问我们学校有没有出事(人员伤亡、房屋倒塌等),后来才问我的安全。"何玲宇略显委屈,"但是我没有埋怨妈妈,我支持妈妈抢救弟弟妹妹们。我们现在能在一起就是最大的幸福!"

感悟人间大爱的 真情故事

用双臂支撑起的生命

真情感言

> 灾难是一面镜子，一瞬间便照出了人的灵魂。灾难降临的那一刻，谭老师用自己的生命为人类留下了一个美好的希望，一种坚毅的精神，一份神圣的责任。他把"老师"这个亲切而又令人敬重的称呼深深地刻进了世人心里。

深夜的德阳市汉旺镇，冷雨凄厉，悲声四处，唯有呼啸而过的救护车能给人带来一丝慰藉，那意味着又有一个生命在奔向希望。汶川地震后的第二天，5月13日23时50分，救护车的鸣笛声响彻汉旺镇——中国地震应急搜救中心的救援人员在德阳市东汽中学的坍塌教学楼里连续救出了四个学生。

读好书系列

"我外甥女是高二(1)班的学生,要不是有他们老师在上面护着,这四个娃儿一个也活不了!"被救女生刘红丽的舅舅对记者说。

"那个老师呢?"

"唉,他……他可是个大好人,大英雄啊!"说着,刘红丽舅舅的眼圈红了。他告诉记者,那是一位男老师,快50岁了。

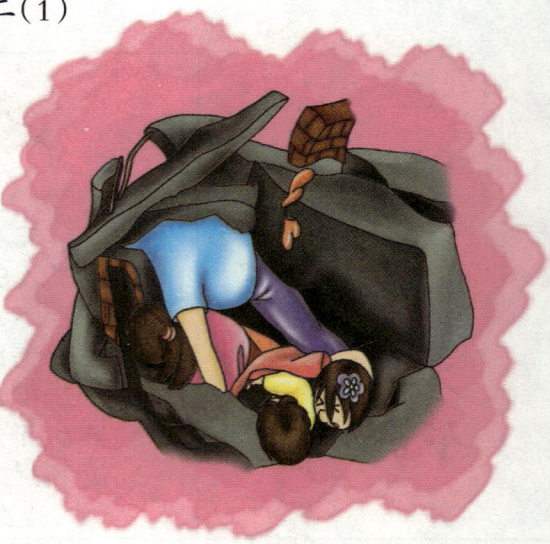

5月14日一早,在设在学校操场上的临时停尸场,记者从工作人员手中的遗体登记册里,查到了这位英雄教师的名字——谭千秋。他的遗体是5月13日22时12分从废墟中被扒出来的。

"我们发现他的时候,他双臂张开着趴在课桌上,身下死死地护着四个学生,那四个学生都活了!"一位救援人员向在场的人描述着当时的场景。

谭老师的妻子张关蓉正在仔细地擦拭着丈夫的遗体,将他脸上的每一粒沙尘都轻轻拭去,细细梳理他蓬乱的头发,梳成他生前习惯的发型。谭老师的后脑已被楼板砸得深凹下去……

当张关蓉拉起谭千秋的手臂,要给他

8

感悟人间大爱的 真情故事

擦去血迹时，丈夫僵硬的手指再次触痛了她脆弱的神经："昨天抬过来的时候还是软软的，咋就变得这么硬啊！"张关蓉轻轻揉着丈夫的手臂，失声痛哭……就是这双曾传播无数知识的手臂，在地震发生的一瞬间，又从死神手中夺回了四个年轻的生命，他手臂上的伤痕清晰地记录下了这一切！

"那……那天早上他……他还跟平常一样，6点就……就起来了，给我们的小女儿洗漱穿戴好，带着她出去散步，然后就早早地赶到学校上班了。这一走，就……就再也没回来，女儿还在家里喊着'爸爸'啊！"张关蓉已经泣不成声。

"谭老师是我们学校的教导主任，兼着高二和高三年级的政治课。"陪着张关蓉守在谭老师遗体旁的同事夏开秀老师说，"在我们学校的老师里，他是最心疼学生的一个。走在校园里的时候，远远地看到地上有一块小石头，他都要走过去捡走，怕学生们玩耍的时候受伤……"

操场上，学生家长按当地习俗为谭老师燃起了一串鞭炮……

读好书系列

母爱残忍

真情感言

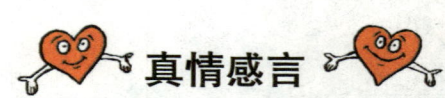

大爱无声。母亲用有悖常理的残忍使女儿摆脱了终身残疾的命运,而母亲所要承受的辛酸和折磨,又怎一个"痛"字了得?在女儿健康饱满的人生背后,我们分明看到了母亲的盈盈泪光和那颗滴血的心!

我3岁时被确诊为小儿麻痹症,父母带着我四处求医,跑遍了省城的大小医院,但医生都说治不好,瘫痪已成定局。后来终于找到了一个老中医,说可以治,但却只有50%的希望。

这位老中医采取的是针灸治疗。常规治疗每次针灸5~7个穴位就足够,但由于我的病程长,肢体已经明显萎缩,医生便使用强刺激以提高疗效。每次治疗,要在我全身扎上三四十根针,那痛楚根本不是一个小孩子可以忍受的。施针过程将近

感悟人间大爱的
真情故事

一个小时,我常常哭得嘴唇发紫,昏死过去。父亲在一旁咬破了嘴唇,一个大男人竟也忍不住哭出声来:"咱不治了,咱回家,孩子残疾,咱养她一辈子,别让孩子受罪了。"母亲也早就哭肿了眼睛,但她却咬着牙说:"不行,必须治。你要受不了,下次就别来了。"

一个疗程15天,隔3天进行下一个疗程。整整一年时间,都是母亲带我去治疗的。回到家后,母亲还要给我做推拿按摩、拔火罐,以及强迫我做肢体伸展弯曲。这些也都是极疼的,每次我都要哇哇大哭,但母亲毫不心软。父亲经常因此和母亲吵架,母亲还是咬着牙坚持下来了。

当时还有个女孩子,跟我同龄,也得了这种病,也在那位老中医家里治疗。但只去了一两次就不再去了,因为父母太心疼孩子。现在,那女孩子走路要靠双拐,生活要父母照顾,不能自理。而我现在是一家外资企业高层主管,经常组织各种活动,和同事一起去郊游、爬山,谁也看不出来我曾经瘫痪过。

小时候,我对母亲一直是又恨又怕,觉得母亲心太狠,太过残忍。但长大后,就越来越感谢母亲,越来越感激母亲当年对我的残忍。没有那"残忍"的母爱,我的人生绝不会像今天这样健康饱满。

谢谢您,妈妈,谢谢您给予我的——"残忍"的母爱。

读好书系列

一个鱼头 七种味

真情感言

也许儿子永远不知道母亲真的爱吃鱼头,那么就让这个秘密一直延续下去吧。因为这个秘密,让母子之间的爱,在一道菜中得到了完美的呈现,那何尝不是一种意外的收获呢?

到朋友家吃晚饭,一盘色香味俱全的红烧鱼刚上桌,朋友便不声不响地一伸筷,把鱼头夹到了自己碗里。

起身告辞的时候,朋友出来送我。灯火淡淡的小径上,我不禁有点儿疑惑:"一起吃过那么多次饭,我怎么都不知道你爱吃鱼头?"

他说:"我不爱吃鱼头。从小到大,鱼头一直归我妈,她总说'一个鱼头七种味',我跟爸就心安理得地吃鱼身上的肉。直到有一天我看到一本书,那上面说,所有的女人都是做了母亲之后才喜欢吃鱼头

的,原来我妈骗了我二十年。"朋友微笑着看我,声音淡如远方的灯火,却藏了整个家的温暖,"也该我骗骗她了吧,不然,要儿子干什么?"我一下子怔住了,夜色里这个平日熟悉的大男孩,仿佛突然长大了很多,呈现出我完全陌生的轮廓。

不久后的一天,我去朋友母亲的单位办事,时值中午,很自然地便一起吃午饭,没想到她第一个菜就点了砂锅鱼头。

朋友的话在我心中如林中飞鸟般惊起,"阿姨,您不是……"朋友母亲看到我惊愕的样子,笑笑说:"我是真的喜欢吃鱼头,一直都喜欢。我儿子弄错了。"

"那您为什么不告诉他呢?"我问。

她慌忙摆手:"千万不要。孩子大了,和父母家人也像隔着一层,彼此的爱搁在心里,像玻璃杯里的水,满满的,看得见,可是流不出来,体会不到。"她的声音低下去,"要不是他每天跟我抢鱼头,我怎么会知道,他已经长得这么大了,大得学会体贴妈妈、心疼妈妈了呢?"

砂锅来了,在四溢的香气里,我看见她眼中有星光闪烁。她微笑着夹了一个鱼头在我碗里,招呼我:"尝一尝,一个鱼头七种味呢。"

学着她的样子,我细细地吮咂着。第一次,我品出了它七种滋味里最浓烈、最让人心醉的一种:爱。

读好书系列

母爱是一根穿针线

真情感言

母亲对孩子的爱,是一种与生俱来的天性,这份爱就储存在母亲的血液里,只要孩子的心开一个针眼大小的孔,它便会如春水般汩汩流淌……只要生命在,爱就会不断地倾注!

母亲为儿子整理衣服时,发现儿子衬衣袖子上的纽扣松动了。她决定给儿子钉一下。

儿子很年轻,却已是一名声誉日隆的作家。母亲因此而骄傲——她是作家的母亲!

屋子里很静,只有儿子敲击键盘的声音,为他行云流水的文字伴奏。母亲能从儿子的神态上看出,他正文思泉涌。她在抽屉里找针线时,不敢弄出一点儿声响,唯恐打扰了儿子。还好,母亲发现了一个线管,针就插在线管上。她把它

感悟人间大爱的
真情故事

们取出来,轻轻推好抽屉。

可她遇到了麻烦,当年的绣花针穿不上了。一个月前她还穿针引线缝被子,现在明明看见针孔在那儿,就是穿不进去。

她再次把线头伸进嘴里濡湿,再次用左手的食指和拇指把它捻得又尖又细,再次抬起手臂,让眼睛与针的距离靠近,再试一次,还是失败。再试……线仍未穿进针眼里。

儿子在对文章进行后期排版,他从显示屏上看见反射出来的母亲,怔住了。他忽然觉得自己就是那根缝衣针,虽然与母亲朝夕相处,可他的心却被没完没了的文章堵死了。母爱的丝线在他这里已找不到进出的"孔",可她还是不甘放弃。

儿子的眼睛热了。他这才想起许久不曾和母亲交流感情,也许久没有关心过她的衣食起居了。

"妈,我来帮你。"儿子离开电脑,只一刹那,丝线穿针而过。母亲笑纹如花,用心为儿子钉起纽扣来,像在缝合一个美丽的梦。

儿子知道今后该怎么做了,因为母亲很容易满足,比如,只是帮她穿一根针,实现她为你钉一颗纽扣的愿望,使她付出的爱畅通无阻,如此简单。

15

读好书系列

生日蛋糕

真情感言

现在的孩子也许不会明白,吃一块生日蛋糕,在母亲年少的时代,是怎样的一种奢侈。母亲从来都是付出的代名词,她们会倾心尽力照料孩子,也会把最好的东西留给孩子。当孩子从母亲手里接过蛋糕,津津有味地品尝时,对于一个母亲来说,这已经是一种莫大的幸福了吧。

"妈妈,妈妈,明天是我的生日!"
"我记得。你想要什么礼物?"
"生日蛋糕!"
"这孩子啊,就是嘴馋!"
"不是我想吃!"女儿委屈地扁起嘴,"我想给你吃!"

孩子的话引起了我的注意。

女儿继续说:"我听外婆说,妈妈小时候最喜欢站在西饼店外,眼睛亮晶晶地盯着里面的生日蛋糕。"

我笑了。没想到母亲竟向孩子提起我小时候的事情。

"是啊!以前家里没什么钱,每次生日,你外婆都会给我两个红鸡蛋,那就算是礼物

16

了,没有生日蛋糕……"

女儿不解地问:"为什么不买啊?"

"傻孩子!那时的蛋糕可不便宜呢!不过,后来我还是吃上生日蛋糕了。"我有点儿得意地说。

"有一年,街上新开了一间西饼店,那儿可热闹了。我总爱跑去西饼店,看里面那些不同花样的蛋糕。那时我想,要是能吃上一块就好了。"

"有一次我过生日,天黑了你外婆还没回来。你外公只说她凌晨就拉了一车煤上城里去卖,便没有多说什么了。天越来越黑,我心里又急又怕。夜里10点多,终于盼到你外婆回来了。看到我,她竟捧出一块瘪了半边的生日蛋糕。'这蛋糕给你!孩子,吃吧!大家都吃!'我从你外婆手上接过蛋糕,高兴得快疯了。尽管蛋糕上沾了些泥沙,但这份从没享用过的美味瞬间就被我扫荡一空了。那时我想起你那刚回来的外婆,才突然发现她的鞋都跑穿了,露出的趾头还磨出了血……"

说着说着,我的声音开始沙哑。

女儿没发现我的转变,天真地说:"明天我要把外婆请来!"

我按捺住心里的激动,不解地看着女儿。

"因为妈妈把外婆的那份也吃了……外婆没蛋糕吃……"

我流泪了——我突然想起,母亲从来没吃过生日蛋糕。

读好书系列

父爱如山

真情感言

父亲为了不给孩子增加心理负担,而说了一个谎言,沉默的爱意,实在令人动容。天底下每一位父亲都深爱着自己的孩子,他们也许不懂得用言辞来表达他们深沉的爱,却一定会心甘情愿地为孩子付出一切。

我在家中排行老六,十年前我参加高考时父亲已经是快60岁的人了。那时我家住在乡下,考点设在十多里外的县城。考试前一天,父亲对我说:"明天我陪你考试去。"我说:"哎呀,我都这么大的人了,用得着吗?"父亲压低了声音说:"你妈说了,你考试这三天,每天中午给你20元的伙食费,我也借光上馆子喝两盅。"我一想,那也行,父亲最大的嗜好就是喝点儿酒,平时母亲管得严,这还真是个机会。

第二天,上路之前父亲

18

把一个半斤的酒瓶揣在了怀里。我说:"下饭店你还带酒啊?"父亲嘻嘻一笑:"城里的酒度数低,哪赶得上咱的'小烧'!"

上午考完试,父亲把一个饭盒递给我说:"吃吧,黄瓜炒肉还有包子,热着呢,我刚吃完。"我有些愣了:"你怎么不等我呢?"父亲笑了:"傻小子,这么多考生要吃饭,饭店里排不下呀,要不是你爹长个心眼儿提前去了,哪里还买得上。"我一想也是,十多个镇的考生,饭店肯定是坐不下的。

第二天中午,父亲还是如法炮制。那顿吃的是小鸡炖蘑菇,香极了。

第三天中午全部考试结束,我如释重负。父亲也好像长长地松了一口气,对我说:"别的乡镇的考生都坐车走了,没人和咱抢了,咱爷俩好好上馆子吃去。"说完我和父亲进了一家路边的饭店。

老板娘十分热情地对父亲说:"老爷子,这回还是只要半个菜带走啊?"

父亲大手一挥:"不啦,今天和儿子一起喝两杯。"

我一听忽然感觉不对:半个菜,带走?

父亲去厕所了,我急忙问老板娘怎么回事。老板娘说:"这个老爷子啊,连续两天中午来我这里啦。每次来都是只要半个菜,他自己坐在这里吃点儿咸菜,啃点儿干粮,喝两口水,等菜炒好了,一口不吃就拿走了……"听完这话,我的眼泪哗哗地淌了下来。

那一年高考我排在全县第八名,进了省城的一所大学。然而,至今我仍然感觉自己的成绩愧对如山的父爱……

读好书系列

路灯下的身影

真情感言

寒冷的冬夜,昏黄的路灯下一个不停咳嗽的父亲的身影,搅动着我们的心。谁说只有母亲才心细如发?在这里,我们分明看到了普天下所有父亲温情的一面。

鹅毛大雪纷纷扬扬地飘舞着,寒风放肆地呼啸着。已经是晚上12点钟了,早已疲倦的我伸着懒腰,这么晚了,爸爸还没有回来,我焦躁地拉开了书桌前的窗帘。

大雪被寒风吹得乱舞,使我的双眼迷蒙,小街上的路灯还亮着,我突然发现路灯下有个人影在徘徊,那身影是如此熟悉,像爸爸,太像了,可是爸爸不是去朋友家做客了吗?那身影突然停了下来,仰着头朝我的小阁楼上望着……

是爸爸,是他。他似乎在不停地咳嗽。我的心里不禁一颤,明白了许多:爸爸的老毛病最近又犯了,为了不影响我学习,为了给我一个安静的学习环境,他每天晚上都说去拜访朋友或去亲戚家,而那只是他的托词罢了,也许他每天都在这昏黄的路灯下徘徊。腊月里的天冷得让待在家里的我都缩手缩脚的,更何况是街道上的爸爸呢?而且他的身体又那么差……

我的眼睛湿了,泪在眼眶里打转,我强忍着不让它流下来。外面的雪似乎更大了,爸爸还在灯下徘徊,他不停地咳嗽,咳得很厉害,我只看见他的肩膀在不停地颤抖着。他搓着手、跺着脚,终于他很艰难地慢慢地蹲下身子。我的泪水顿时像断了线的珠子不停地往下滴,我拉开窗户,朝着街道上喊:"爸爸,爸爸……"我哽咽了,一句话都说不出来,只觉得心里好乱好乱。爸爸艰难地站起来,冲我尴尬地喊着:"爸爸酒喝多了,蹲在这歇一会儿,不早了,你也该休息了。"

我抓起爸爸的外衣冲下楼去,我哭,不停地哭,冷风不禁让我连打了几个冷战。爸爸心疼地跑过来,搂着我说:"别着凉,以后爸爸一定早点儿回来,我那朋友真是太热情了,不停地让我喝酒……"

他还在说着什么我没有在意,只觉得那些飞舞的雪花好美好美……

21

读好书系列

一副眼镜

真情感言

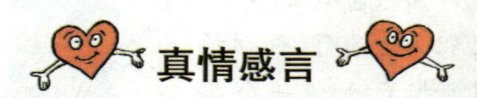

在生活中,有很多细节是我们无法预期的,它也许会创造奇迹,就像文章中的那副眼镜一样。

1945年的时候,我的外祖父是一名木匠。有一天,他正赶着做一批板条箱,那是教堂用来装衣服运到中国去救助孤儿的。干完活回家的路上,外祖父伸手到他的衬衫口袋里去摸他的眼镜,突然发现眼镜不见了。他在脑子里把他这一天做过的事情重放了一遍,然后他意识到:在他不注意的时候,眼镜从衬衫的口袋里滑出去,掉进了其中一只他正在钉钉子的板条箱里。他的崭新的眼镜就这样漂洋过海去了中国。

当时美国正值大萧条时期,外祖父要养活6个孩子,生活非常困难。而那副眼镜,是那天早上他刚花了20美元买来的。他为了要重新买一副眼镜而烦恼不堪。"这不公平,"在回家途中,他沮丧地嘟囔道,"上帝啊,我一向对你忠诚,把我的时间和金钱都奉献给你,可是现在,你看……"

半年后,抗日战争胜利,中国那所孤儿院的院长——一位美国传教士,回美国休假。在一个星期天,他来到了外祖父所在的这所芝加哥的小教堂。他一开始便热忱地感谢了那些援助过孤儿的人们。"但最重要的是,"他说,"我必须感谢去年你们送给我的那副眼镜。我当时已经绝望了。就算我有钱,在当时也没有办法重新配一副眼镜。由于眼睛看不清楚,我开始天天头疼,我和我的同事天天祈祷着能有一副眼镜出现。然后,你们的箱子就运到了。"

院长停顿了许久,然后,带着众人的悬念,他继续说道:"各位乡亲,当我戴上那副眼镜时,我发现它就像是为我定做的一样!我的世界顿时清晰起来,头也不疼了。我要感谢你们,是你们为我做了这一切!"

人们听着,纷纷为这副奇迹般的眼镜而欢呼。但是他们同时也在想,这位院长肯定是搞错了,他们可没有送过他眼镜啊。在当初的援助物资目录上,没有眼镜这一项。只有一个人清楚这是怎么回事。他静静地站在后排,眼泪流到了脸上。在所有人当中,只有这个平凡的木匠知道,上帝是以怎样一种不平凡的方式创造了奇迹。

读好书系列

妈妈的易拉罐

真情感言

世上没有卑微的母亲，即使她卑微地活着。当我们鄙弃母亲的落伍和寒酸时，也请想一想是谁让我们拥有流行和时尚！父母竭尽全力地为我们创造美好的生活，我们又有什么权力去指责他们呢？

小时候，我总是憎恨妈妈捡易拉罐。花花绿绿的罐子，让骑在自行车上的妈妈急忙停下来，还没等我回过神来，"啪"的一声，易拉罐被妈妈踩成一个柿饼的样子。妈妈弯下腰，喜滋滋地将它捡起来，扔进自行车的前筐里。

妈妈的这套动作自然而娴熟，岂是一日之功。越是这样想，我越是恼火，虽不曾指望有一位在人前人后"金光闪耀"的妈妈，但我也不愿意让人指着自己的背影悄悄嘲讽，说我有一位"捡废品"的妈妈。

渐渐地，我不和妈妈上街，不和妈妈走在一起，我在妈妈为我搭建的安乐窝里，自由自在地生活着。易拉罐的声音，

感悟人间大爱的
真情故事

读好书系列

永远消失在耳膜之外了。

可没有想到,我会再一次与它相遇。

18岁那年,远在另一个城市求学的我,突然遭遇"麻疹"的侵袭,高烧42℃。躺在病床上,死神离我仅一步之遥。我喃喃地叫着:"妈妈,妈妈,你送我去北京治病吧。"

等坐了几天火车的妈妈匆匆赶到医院,我已经度过了危险期,妈妈紧紧抓住我的双手,放在怀里说:"孩子,我永远和你在一起。就是砸锅卖铁,我也送你去最好的医院,治好你的病。"

出院的时候,经校方同意,妈妈带我回家调养。一路上,我被妈妈包裹得像襁褓中的婴儿。深夜时分,我们在岳阳下了火车。

昏黄的灯光下,妈妈扶着我说:"今晚回不去了,我们找家旅店住宿吧。"在长长短短的小巷里来回询问,旅店女老板刻薄的眼光,让我渐渐心浮气躁。妈妈说:"我再问一家,如果还是这样贵,我们就回到起初的那一家吧,只有那里便宜。"我点点头。就在此时,我看到了熟悉的一幕:深夜里,"啪"的一声,妈妈弯下腰,捡起那个"烂柿饼"易拉罐,放进口袋里……

我几乎是一个箭步冲到妈妈面前,抓起她的口袋,狠狠地将那个"烂柿饼"掏出来,愤恨地扔到地上:"现在都什么时候了,你还捡这玩意儿?"

妈妈僵立在那儿,半天没有出声,然后将我拉进最后那家旅店,没有问价,就住了进去……

一个废旧的易拉罐送到废品站,可以卖到5分钱,妈妈平均每天能捡到20个易拉罐,一个月能挣30元钱,用它补贴家用。

妈妈一个人开着一间豆腐作坊,凌晨两点就起来磨豆腐,每月400元钱的收入不能随意花费,都要寄到学校,供我一个月的开销。

几年来,妈妈没有买过一件新衣,不舍得吃一餐肉,仅仅将散落在大街小巷的易拉罐捡起来,卑微地生活着。

懂得这一切时,我已经大学毕业了……

感悟人间大爱的
真情故事

读好书系列

爱是一种人生态度

真情感言

世界上最美丽的花往往开在无人知晓的地方，华丽的外表固然能包裹我们的心灵，但小小的善行更能让我们的心灵开花。

路边有一对衣衫褴褛的父子在骄阳下，父亲架着双拐吹笛子，儿子吊着绷带吹笙，脚下放着一块方桌大的有点发黑的白布，白布上写着：因家乡发生水灾，家中上有老母多年卧病在床，下有子女因交不起学费辍学在家，今路过贵地，请各位好心人多多帮助。行人纷纷驻足观望，有的人扔了1元硬币，有人悄悄说肯定是一对骗子，世风日下，这样的人见多了。

在另一个地方，一个失去双腿的老人坐在简易的

感悟人间大爱的
真情故事

木轮椅上说快板,诉说自己艰辛的人生,旁边围了一帮人。同样,有人用行动表示爱心,有人漠然视之。一个少年扶着一个拄拐杖的人挤了进来,正是刚刚卖艺的父子俩,那位父亲从自己的贴身口袋中摸出一张10元纸币,毕恭毕敬地放在老人脚下的铁罐里,然后悄无声息地走了。

读好书系列

宽容的是别人,受益的是自己

真情感言

海纳百川,有容乃大。能以包容的态度谅解别人的过错或消除相互之间的误会,化解矛盾,和好如初,这样,宽容的是别人,受益的却是自己。

从前有一个富翁,他有三个儿子,在他年事已高的时候,富翁决定把自己的财产全部留给三个儿子中的一个。可是,到底要把财产留给哪一个儿子呢?富翁好不容易想出了一个办法:他要三个儿子都花一年时间去游历世界,回来之后看谁做了最高尚的事情,谁就是财产的继承者。

一年的时间很快就过去了,三个儿子陆续回到家中,富翁要三个人都说一说自己的经历。

大儿子得意地说:"我在游历世界的时候,遇到了一个

感悟人间大爱的**真情故事**

陌生人,他十分信任我,把一袋金币交给我保管,可是那个人却意外去世了,我就把那袋金币原封不动地交还给了他的家人。"

二儿子自信地说:"当我旅行到一个贫穷落后的部落时,看到一个可怜的小乞丐不慎掉到湖里了,我立即跳下马,从河里把他救了起来,并留给他一笔钱。"

三儿子犹豫地说:"我,我没有遇到两个哥哥碰到的那种事,在我旅行的时候遇到了一个人,他很想得到我的钱袋,一路上千方百计地害我,我差点死在他手上。可是有一天我经过悬崖边,看到那个人正在悬崖边的一棵树下睡觉,当时我只要抬一抬脚就可以轻松地把他踢到悬崖下,我想了想,觉得不能这么做,正打算走,又担心他一翻身掉下悬崖,就叫醒了他,然后继续赶路了。这实在算不了什么有意义的经历。"

富翁听完三个儿子的话,点了点头,说道:"诚实、见义勇为都是一个人应有的品质,称不上是高尚。有机会报仇却放弃,反而帮助自己的仇人脱离危险的宽容之心是最高尚的。我的全部财产都是老三的了。"

读好书系列

并不是真正需要鸡蛋

真情感言

人与人建立交往关系,只需要一次交际。主动创造机会,学会与人攀谈,才能够赢得友谊。

"怎么了,鲍勃?"妈妈问,"你为什么不高兴?"

"没人跟我玩。"鲍勃说,"我真希望我们还是住在盐湖城没有搬来。我在那儿朋友多。"

"在这儿,你很快会交上朋友的。"妈妈说。

就在这时,响起了轻轻的敲门声。米勒太太打开门。

门口站着一位红发妇女。

"你好,"她说,"我是凯里太太,住在隔壁。"

"进来吧,"米勒太太说,"我和鲍勃都很高兴你来。"

"我来借两个鸡蛋,"凯

里太太说,"我想烤个蛋糕。"

"可以,"米勒太太说,"别着急,请坐一坐,我们喝点咖啡,说会儿话吧。"

那天下午,又有人来敲门。米勒太太打开门。门外站着一个男孩。

"我叫汤姆·凯里,"他说,"我妈妈送你这个蛋糕,还有这两个鸡蛋。"

"哎呀,谢谢,汤姆。"米勒太太说,"进来吧,和鲍勃认识认识。"

汤姆和鲍勃差不多一样年龄,不一会儿,他们吃起了蛋糕,喝着牛奶。鲍勃问:"你能待在这儿跟我玩吗?"

汤姆说:"可以,我能待一个小时。"

"那么,我们打球吧,"鲍勃说,"我的狗也想跟着一起玩。"

汤姆发现跟小狗一起玩很有意思。他自己没有狗。

"我很高兴你住在隔壁,"鲍勃说,"现在有人跟我玩了。"

"妈妈说我们很快会成为好朋友的。"汤姆回答说。

鲍勃说:"我很高兴你妈妈需要两个鸡蛋。"

汤姆笑了,"她并不是真的需要鸡蛋,"汤姆说,"她只是想跟你妈妈交朋友!"

读好书系列

给我一个普通的冰淇淋

真情感言

人与人之间的交往是建立在相互尊重与宽容之上的,善待他人,才能让你在与他人的交往中游刃有余。

一个10岁小男孩走进一家美式快餐厅,他悄声问女服务员:"一筒加花生巧克力的冰淇淋要多少钱?"服务员回答:"0.5美元。"小男孩从口袋里拿出钱数了数,又问:"那一个普通的冰淇淋多少钱?"

一些顾客在旁边等待着,女服务员显然有些不耐烦了,便没好脸色地大声道:"0.35美元。"小男孩又数了数手里的钱,之后他坚定地说:"给我一个普通的冰淇淋吧!"服务员给他端来冰淇淋,将账单放

在桌子上，转身去忙了。

小男孩吃完冰淇淋后离开了餐厅。当那个女服务员回来收拾餐桌时，眼前的情景令她无地自容：在空盘子旁整齐地放着0.15美元，那是小男孩留给她的小费！

多么清楚的安排！小男孩很明白，如果不给小费自己完全可以吃到花生巧克力冰淇淋，但他最后选择了便宜的那份。因为，他心里早已为对方准备了一份小费，他不能"动用"它。

读好书系列

爱是生命中最好的养料

真情感言

爱是生命中最好的养料,只要有爱,生命就有希望。在我们接受别人的爱时,同时也要献出自己的一份爱,不管它是多么的微不足道。

一个小男孩认为自己是世界上最不幸的孩子,他因为患脊髓灰质炎而留下了瘸腿和参差不齐且突出的牙齿。他很少与同学们游戏、玩耍,老师叫他回答问题时,他也总是低着头一言不发。

有一年春天,小男孩的父亲从邻居家讨了些树苗,想把它们栽在房前。他叫他的孩子们每人栽一棵。父亲对孩子们说,谁栽的树苗长得最好,就给谁买一件最喜欢的礼物。小男孩很想得到父亲的礼物,但看到兄妹们蹦蹦跳跳提水浇树的身影,不知怎么却萌生出一种阴冷的想法:希望自己栽的那棵

感悟人间大爱的
真情故事

小树早日死去。因此,他在浇过一两次水后就再也没去管它。

几周后,小男孩再去看他种的那棵树时,惊奇地发现它不仅没有枯萎,而且还长出了几片新叶子,与兄妹们种的树相比,显得更嫩绿,更有生气。父亲兑现了他的诺言,为小男孩买了一件他最喜爱的礼物,并对他说,从他栽树来看,他长大后一定能成为一个出色的植物学家。从那以后,小男孩慢慢变得乐观起来。

一天晚上,小男孩躺在床上睡不着,看着窗外皎洁的月光,忽然想起生物老师曾说过:植物一般都在晚上生长,何不去看看自己种的那棵小树?

当他轻手轻脚来到院子里时,却看见父亲正用勺子向自己栽种的那棵小树下泼洒着什么。顿时,他明白了一切,原来父亲一直在偷偷地为自己栽种的那棵小树施肥。他返回房间,任凭泪水肆意地流淌……

几十年过去了,那瘸腿的小男孩虽然没有成为一个植物学家,但他却成了美国总统,他的名字叫富兰克林·罗斯福。这个小男孩是幸运的。他爸爸养育了他,又造就了他。与其说小男孩种树,不如说父亲在培植小男孩这棵"树"。小男孩自卑的心和阴冷的想法,犹如正在枯萎的小树苗。正是父亲的良苦用心和涓涓滋润,才使"小树"得以重生,得以茁壮成长,最终长成参天大树。而小男孩,也给了这份爱丰厚的回报。他当上了美国总统,把自己的青春和热情献给了美国人民,让爱传遍了世界的每一个角落。

37

读好书系列

别让心灵荒芜

真情感言

我们每个人都有一座美丽的大花园。如果我们愿意让别人在此种植快乐，同时也让这份快乐滋润自己，那么，我们心灵的花园就永远不会荒芜。打开你自己心灵的篱笆，让阳光进来，让朋友进来，让我们心灵的花园美丽起来。

罗曼太太是美国一位有钱的贵妇人，她在亚特兰大城外修建了一座花园。花园又大又美，吸引了许多游客，他们毫无顾忌地跑到罗曼太太的花园里游玩。

年轻人在绿草如茵的草坪上跳起了欢快的舞蹈；小孩子扎进花丛中捕捉蝴蝶；老人蹲在池塘边垂钓；有人甚至在花园中支起了帐篷，打算在此度过他们浪漫的盛夏之夜。

罗曼太太站在窗前，看着这群快乐的忘乎所以的人们，看着他们在属于她的园子里尽情地唱歌、跳舞、欢笑。她越看越生气,就叫仆人在园门外挂了一块牌子,上面写着:私人花园,未经允许,请勿入内。

可是这一点儿也不管用,那些人还是成群结队地走进花园游玩。

罗曼太太只好让她的仆人前去阻拦,结果发生了争执,有人竟拆走了花园的篱笆墙。

后来罗曼太太想出了一个绝妙的主意,她让仆人把园门外那块牌子取下来,换上一块新牌子,上面写着:欢迎你们来此游玩,为了安全起见,本园的主人特别提醒大家,花园的草丛中有一种毒蛇,如果哪位不慎被蛇咬伤,请在半小时内采取紧急救治措施,否则性命难保。最后告诉大家,离此最近的一家医院在威家镇,驱车大约50分钟即到。

这真是一个绝妙的主意,那些贪玩的游客看了这块牌子后,对这座美丽的花园望而却步了。可是几年后,有人再往罗曼太太的花园去,却发现那里的花园太大,走动的人太少而致使杂草丛生,真的毒蛇横行,几乎荒芜了。孤独、寂寞的罗曼太太守着她的大花园,非常怀念那些曾经来她的园子里玩的快乐游客。

读好书系列

感恩的心

真情感言

这个故事告诉我们,要想拥有幸福的生活,就要怀有一颗感恩的心。有一颗感恩的心,才更懂得尊重生命、尊重劳动、尊重创造。有一颗感恩的心,才会让我们的社会多一些宽容与理解,多一些和谐与温暖,多一些真诚与团结……

在一个小镇上,饥荒让所有贫困的家庭都面临着危机,因为对于他们来说,最起码的温饱问题都难以解决。

小镇上最富有的人要数面包师卡尔了,他是个好心人。为了帮助人们度过饥荒,他把小镇上最穷的20个孩子叫来,对他们说:"你们每一个人都可以从篮子里拿一块面包。以后你们每天都在这个时候来,我会一直为你们提供面包,直到你们平安地度过饥荒。"

那些饥饿的孩子争先恐后地去抢篮子里的面包,有的为了能得到一块大点儿的

面包甚至大打出手。他们心里只想着要得到面包,当他们得到的时候,立刻狼吞虎咽地把面包吃完,甚至都没想到要感谢这个好心的面包师。

面包师注意到一个叫格雷奇的小女孩儿,她穿着破旧不堪的衣服,每次都在别人抢完以后,她才去拿剩下的最后一小块面包,她总会记得亲吻面包师的手,感谢他为自己提供食物,然后拿着它回家。

面包师想:"她一定是回家和自己的家人一起分享那一小块面包,多么懂事的孩子呀!"

第二天,那些孩子和昨天一样抢夺较大的面包,可怜的格雷奇最后只得到了一块很小很小的面包,但她仍然很高兴。她亲吻过面包师的手后,回到家里,当她妈妈把面包掰开的时候,一个闪耀着光芒的金币从面包里掉了出来。妈妈惊呆了,对格雷奇说:"这肯定是面包师不小心掉进来的,赶快把它送回去吧。"

小女孩儿拿着金币来到了面包师家里,对他说:"先生,我想您一定是不小心把金币掉进面包里了,幸运的是它并没有丢,而是在我的面包里,现在我把它给您送回来了。"

面包师微笑着说:"不,孩子,我是故意把这块金币放进最小的面包里的。我并没有故意想要把它送给你,我希望最文雅的孩子能得到这块金币,是你选择了它,现在这块金币是属于你的了,算是对你的奖赏。希望你永远都能像现在这样知足、文雅地生活,用感恩的心去面对每一件事。回去告诉你的妈妈,这个金币是一个善良、文雅的女孩儿应该得到的奖赏。"

读好书系列

常怀善念

真情感言

有时候，一个发自内心的仁慈与爱的小小善行，会铸就大爱的人生舞台。善待社会，善待他人，并不是一件复杂、困难的事，只要心中常怀善念，生活中不过是举手之劳的小小的善行，却能给予别人很大帮助，何乐而不为呢？

一座城市来了一个马戏团。8个12岁以下的孩子穿着干净的衣裳，手牵着手排队站在父母的身后，等候买票。他们不停地谈论着即将上演的节目，好像他们就要骑上大象在舞台上表演似的。

终于轮到他们了，售票员问要多少张票，父亲神气地回答："请给我8张小孩的、2张大人的。"

售票员说出了价格。母亲的心颤了一下，转过头把脸垂了下来。父亲咬了咬唇，又问："你刚才说的是多少钱？"

感悟人间大爱的
真情故事

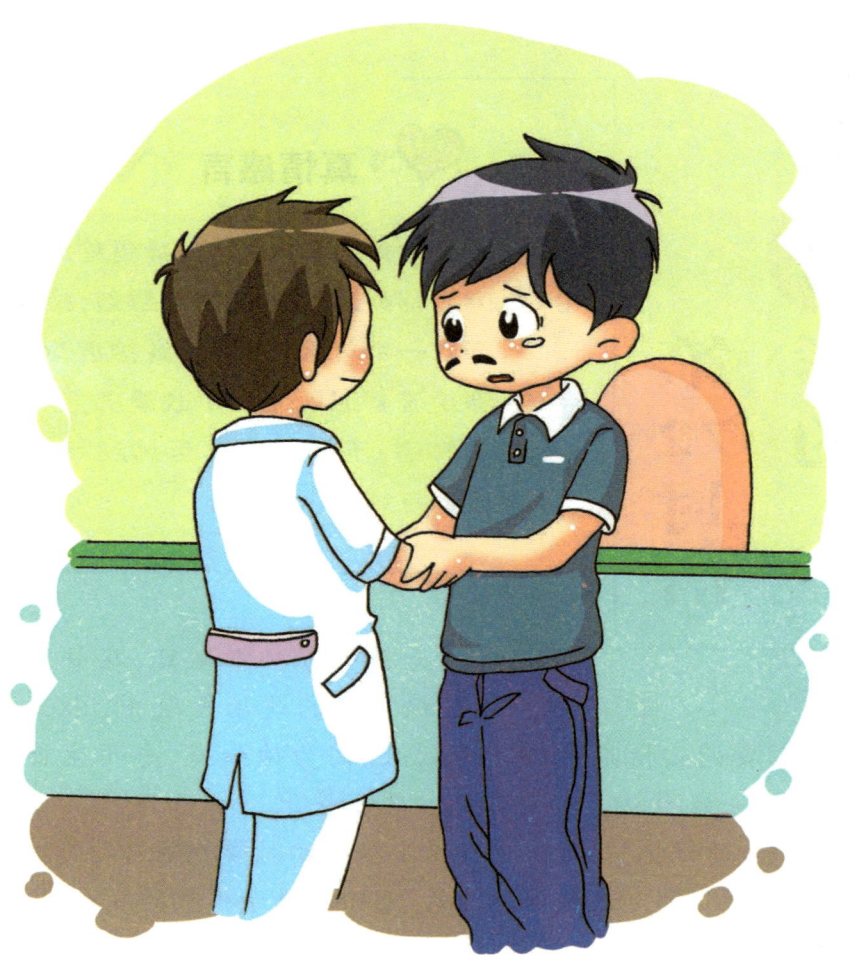

　　父亲眼里透着痛楚的目光。他实在不忍心告诉身旁兴致勃勃的孩子们：我们的钱不够！

　　一位排队买票的男士目睹了这一切。他悄悄地把手伸进口袋，把一张20元的钞票拉出来，让它掉在地上。然后，他蹲下去，捡起钞票拍拍那个父亲的肩膀说："对不起，先生，你掉了钱。"

　　父亲回过头，明白了原因。他眼眶一热，紧紧地握住男士的手："谢谢你！先生，这对我和我的家庭来说意义重大。"

43

读好书系列

母亲的第72封信

真情感言

生命如流星般绚烂,身患绝症的母亲用临终前写下的72封信,继续履行着一个母亲的责任。我相信每个人都是流着泪读完这个故事的,它让我们知道:不管生命是否绚烂,母爱永远不打烊。

那天是小芳20岁生日,在爷爷奶奶为她庆祝生日的欢乐气氛中,小芳却怀着忐忑不安的心情期盼邮差的到来。因为她知道,每年生日的这一天,母亲一定会从美国来信祝她生日快乐。

在小芳的记忆中,母亲在她很小很小的时候就独自到美国做生意了,小芳的奶奶是这样告诉她的。在她对母亲模糊的残存印象中,母亲曾用一只温暖的手臂拥抱着她,用如满月般慈爱的双眸注视着她,这是她珍藏在脑海里,时时又在梦中想起的最甜蜜的回忆。

然而,小芳对这个印象已逐渐模糊,却有着既渴望又怨恨的矛盾情结,她一直无法理解为何母亲忍心抛弃幼小的她而远走他乡。但是小芳仍焦急地盼望母亲这封祝福她20岁生日的来信。

她打开从小收集母亲来信的宝物盒,在成叠的信中抽出一封已经泛黄的信,这是她6岁上幼儿园那年母亲寄来的:

"小芳,上幼儿园会有很多小朋友陪你玩,你要跟大家好好相处,要注意衣服整齐,头发、指甲都要修剪干净。"

另一封是16岁考高中的时候寄来的:

"联考只要尽力就好,以后的发展还要靠真才实学,才能在社会竞争中脱颖而出。"

这一封封信,流露着母亲无尽的慈爱,仿佛千言万语,道不尽,说不完。这些来信是小芳十几年成长过程中,最仰赖的为人处世准则,也是与母亲精神上唯一的交流。

邮差终于送来了母亲的第72封信,如同以前一样,小芳焦急地打开它。而爷爷也紧张地跟在小芳后面,仿佛预知什么惊人的事情要发生一样。而这封信比以前的几封更加陈旧发黄,小芳看了顿觉惊异,觉得有些不对劲。信上母亲的字不再那么工整有力,而是模糊扭曲地写着:

读好书系列

"小芳,原谅妈妈不能来参加你最重要的20岁生日,事实上,每年你的生日我都想来,但要是你知道我在你3岁时就因胃癌去世了,你就能体谅我为什么不能陪你一起成长,共度生日了吧。原谅你可怜的母亲吧!我在知道自己已经回天乏术时,望着你玩耍嬉戏的可爱模样,我真怨恨自己注定看不到我的心肝宝贝长大成人,这是我短暂的生命中最大的遗憾。我不怕死亡,但是想到身为一个母亲,我有这个责任,也是一种本能的渴望,想教导你很多很多关于成长过程中必须要知道的事情,来让你快快乐乐地长大,就如同其他母亲一样。可恨的是,我已经没有尽这个责任的机会了。因此我只好在生命即将结束的最后日子,想象着你在成长过程中可能面临的事情,以仅有的一些精神与力气,夜以继日、以泪洗面地写了72封家书给你,然后交给你在美国的舅舅,按着你最重要的日子寄给你,来倾诉我对你的思念与期许。虽然我早已魂飞九霄,但这些信是我们母女此刻唯一能做的永别。此刻,望着你调皮地在玩扯这些写完的信,一阵鼻酸又涌了上来,小芳还不知道你的母亲只有几天的生命了,不知道这些信是你未来要逐封看完的母亲的最后遗笔。你要知道我有多爱你,多舍不得留下你孤单一个人。我现在只能用细若游丝的力

感悟人间大爱的
真情故事

量,想象你20岁亭亭玉立的模样。这是一封绝笔信,我已无法写下去了,然而,我对你的爱却是超越生死,直到永远永远……"

　　看到这里,小芳再也按捺不住心里的震惊与激动,抱着爷爷、奶奶号啕大哭。信纸从小芳手中滑落,夹在信里的一张泛黄的照片飞落在地上,照片中,母亲带着憔悴但慈祥的微笑,含情脉脉地注视着身旁的小芳,她手中拿着一沓信在玩耍。照片背后是母亲模糊的笔迹:1978年,小芳生日快乐!

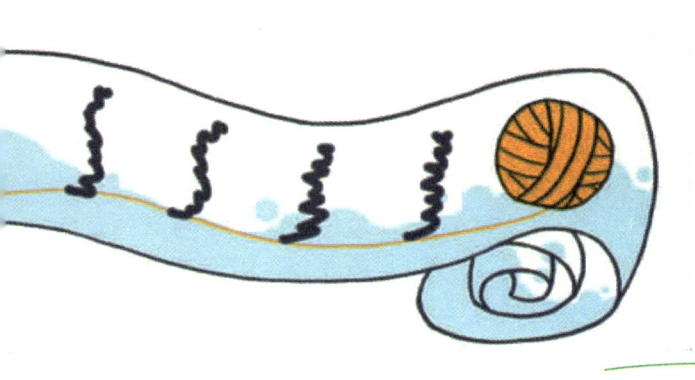

读好书系列

该记取的与该忘记的

真情感言

"谁想在困厄中得到援助,就应在平日里待人以宽。"记住别人对我们的恩惠,忘掉对别人的怨恨,这样的人生才会阳光明媚。

阿拉伯著名作家阿里,有一次和吉伯、马沙两位朋友一起去旅行。

三人行至一个山谷时,马沙失足滑落,幸而吉伯拼命拉他,才将他救起。马沙就在附近的大石头上刻下:"某年某月某日,吉伯救了马沙一命。"

三人继续走了几天,来到一条河边,吉伯与马沙为了一件小事吵了起来,吉伯一气之下打了马沙一耳光,马沙就在沙滩上写下:"某年某

感悟人间大爱的
真情故事

月某日,吉伯打了马沙一耳光。"

当他们旅游回来之后,阿里好奇地问马沙:"你为什么要把吉伯救你的事刻在石头上,而将他打你的事写在沙滩上呢?"

马沙回答:"我永远都感激吉伯救我。至于他打我的事,随着沙滩上字迹的消失,我会忘得一干二净。"

读好书系列

找到善良的指南

真情感言

对他人的心灵造成的伤害,再多的弥补往往也无济于事。因此,我们应避免伤害他人。当我们使他人痛苦时,同时也会深深地伤到自己。

一个孩子无法控制自己的情绪,常常无缘无故地发脾气。

一天,他父亲给了他一大包钉子,让他每发一次脾气就用铁锤在他家后院的树上钉一颗钉子。

第一天,小男孩共在树上钉了37颗钉子。

过了几个星期,小男孩渐渐学会了控制自己的愤怒,在树上钉钉子的数量开始逐渐减少。他觉得控制自己的坏脾气比往树上钉钉子要容易多了……

最后,小男孩变得不爱发

脾气了。

他把自己的转变告诉了父亲。父亲建议他说:"如果你能坚持一整天不发脾气,就从树上拔下一颗钉子。"

经过一段时间,小男孩终于把树上所有的钉子都拔掉了。

父亲拉着他的手来到树旁,对小男孩说:"儿子,你做得很好。但是,你看一看那些钉子在树上留下的那些小孔,树再也不是原来的样子了。当你向别人发过脾气之后,你的言语就像这些钉孔一样,会在人们的心中留下疤痕。你这样做就好比用刀子刺向某人的身体,然后再拔出来,无论你说多少次'对不起',那伤口都会永远存在。其实,口头上对人们造成的伤害与伤害人们的肉体没什么两样。"

小男孩点了点头,乖巧地说:"爸爸,我以后再也不乱发脾气了。"

读好书系列

一秒钟的浪漫

真情感言

什么才是浪漫？我们看多了烛光晚餐和玫瑰，但却并不为之感动，眼前这一秒钟的浪漫，平实朴素，却叫人深深地向往。我希望以我的全部，换得这一秒钟。因为，拥有这样的一秒钟，心是踏实的，爱是可靠的，幸福是手掌心里的。

火车上，同座的是一对母子。黄昏时分，母子俩开始有些坐立不安起来，而儿子在玻璃窗上把脸都贴扁了，张望着。

我问那个一直在张望的儿子，有什么事要发生吗？那母亲不好意思地冲我笑了笑，儿子转过身来对我说，他爸爸是火车司机，忙得快一个月没回家了。今天是爸爸45岁生日，他和妈妈想给爸爸一份生日礼物。于是，特意坐这趟火车，希望可以与他爸爸开的那列火车相遇，看一眼他的爸爸。

感悟人间大爱的
真情故事

我这才知道,妈妈与儿子在火车时刻表上查到,79次列车和91次列车将会在下午6点多钟时,在湖北孝感区域内的某一个地方相遇。也许这两列火车擦肩而过的时间仅为一秒钟,但母子两人却非常期盼能在这相遇的一秒钟,送上笑脸和祝福。

过了一会儿,我们听到远处传来另一列火车的轰隆声。贴在玻璃窗上的孩子大声叫着:"来了!来了!爸爸的火车来了!"孩子的母亲把上半身挪了又挪,也紧紧地贴在玻璃窗上。我们的车厢顿时鸦雀无声,而那个激动得不停地抖动身体的男孩,将画有蛋糕的画,死死地贴在玻璃窗上,那蛋糕旁,有一行玫瑰色的字:老公,保重!一个妻子送给丈夫的全部思念和牵挂,也就由这四个字表达出来。

很快,91次列车就开过来了。在两列火车相错的一瞬,我只看见,那孩子举着画大叫着爸爸,那女人,强忍着想要跳起来的身体,安静地贴在玻璃窗上。

真的,就是一瞬,一秒钟吧,91次列车与79次列车就完成了相遇的一刻。兴奋不已的孩子从玻璃窗前撤下来,他的母亲还愣在玻璃窗边。儿子突然抱住妈妈,说道:"我看见爸爸了,爸爸朝我笑了。"妈妈只是在笑着,点着头,无言地告诉儿子,她也看见了,她也很兴奋。

读好书系列

母爱不会有"盗版"

真情感言

"高山巍巍,母爱像山;海纳百川,母爱似海。"世界上没有哪一种情感能胜过母爱,母爱是无私的,也是无与伦比的,同时母爱又永远显得那么的质朴而无华。

朋友当年家里非常拮据,父亲常年在外打工,母亲是个钳工,工资微薄,每月很少能有节余。

朋友的生日到了,他害怕母亲在这天会因为没有能力为孩子过一个美好的生日,而感到伤心和愧疚,所以那天他很晚才回到家中。原以为母亲已经睡了,谁知母亲仍在灯下织着毛衣,等他回来。

等儿子吃完长寿面,母亲拿出了送给他的生日礼物。那是他梦寐以求的《余秋雨文集》。他经常透过书店的玻璃窗长久地凝视着这套书,这一细节被母亲注意到了。

他接过书,母亲有些不好意思地说:"正版书太贵了,这是一本盗版书,不过不碍事,里面的内容和正版上的都一样。等以后有了钱,再给你买一套正版的。"

听说书是盗版的,朋友的笑容凝固了。但为了不让母亲伤心,他还是假装如获至宝地接受了母亲的礼物,只不过一回到卧室,就将书扔进了抽屉里。

54

随后朋友就投入紧张的高考复习中。高考过后,朋友有一天在整理复习资料的时候,无意间翻到了那本盗版书。随着书页的翻动,朋友的双眼渐渐被泪水打湿了。这是一本什么样的书啊:书中的每一个错字都被母亲抹去,然后又用圆珠笔一笔一画地订正过来,书中的每一处缺漏都被母亲在空白处补全。厚厚的一本书中,每一页都有朋友再熟悉不过的字迹。

朋友现在在军校读书,他没有让母亲失望。我听完朋友的故事,怀着虔诚的心将这个故事讲给普天下每一个有母亲的人听,我多想告诉他们:母爱是不会有"盗版"的。

读好书系列

宽容他人
对自己的恶意伤害

真情感言

多一些宽容,人们的生命就会多一份空间,多一份爱心;多一些宽容,人们的生活就会多一份温暖,多一份阳光。用宽容的心去面对给你带来伤害的人们,你将得到温馨的世界。

二战期间,一支部队在森林与敌军相遇,激战后两名士兵与部队失去了联系。这两名士兵来自同一个小镇。

两人在森林中艰难跋涉,他们互相鼓励,互相安慰。十多天过去了,他们仍未与部队联系上。这一天,他们打死了一只鹿,依靠鹿肉又艰难度过了几天。也许是战争使动物四散奔逃或被杀光,这以后他们再也没看到过任何动物,他们仅剩下一点点鹿肉。忽然有一天,那个年轻士兵中了一枪——幸亏伤在肩膀上！后面的士兵惶恐地跑过来，他被吓得语无伦次，抱着战友的身体泪流不止，并赶快把自己的衬衣撕下来包扎战友的伤口。

晚上，未受伤的士兵一直念着母亲的名字，两眼直勾勾的。他们都以为自己熬不过这一关了，尽管饥饿难忍，可他们谁也没动身边的鹿肉。天知道他们是怎么熬过那一夜的。第二天，部队救出了他们。

事隔三十年，那位受伤的士兵说："我知道是谁开的那一枪，那个人就是我的战友。当时在他抱住我时，我碰到了他发热的枪管。我怎么也不明白，他为什么对我开枪？但当晚我就原谅了他，我知道他想独吞我背着的鹿肉，我也知道他想为了他的母亲而活下来。此后三十年，我假装根本不知道此事，也从不提及。战争太残酷了，他母亲还是没有等到他回来就去世了，我和他一起祭奠了老人家。那一天，他跪下来，请求我原谅他，我没让他说下去。我们又做了几十年的朋友，我宽容了他。"

读好书系列

请帮我打个电话

真情感言

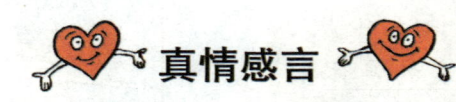

身体的缺陷并不能遮掩心灵对美好生活的向往,"只要人人都献出一点爱,世界将变成美好的人间",愿这美好的旋律时时回荡在我们的心间。

傍晚时分,我的菜炒到一半,没盐了,便停下来到楼下的食杂店去买。店主老刘见我来了,松了口气似的说我来得正好。他简单交代,站在边上的女孩是哑巴,想叫我帮着打公用电话,而他要照料生意。

柜台边上站着一个清秀的女孩,眼里满是期待。我接过笔写道:好吧,你写我说。她感激地对我笑笑,开始写她要说的话。我则开始拨号,接电话的是个男人,我愣了一下,女孩找的明明是个女孩。对方解释说,他也是

GAN WU REN JIAN DA AI DE ZHEN QING GU SHI

感悟人间大爱的
真情故事

帮着接电话的,他那边的也是个哑巴女孩。于是,我们这两个不相干的人充当了传话筒,在两边喊来喊去。她说,她想念一起去吃米粉的时候;她说,她帮她织了一条围巾,要寄过去。她说,要很长时间才能回去,请帮她多看看父母;她说,收到了寄来的相片,胖了点呢。电话通了近十分钟,因为一边说一边写费时不少。在等她写话的时候,我看她认真的模样,只是忽然间,为我们四个人的默契一阵感动,我从来没有遇到这样的事。

　　打完电话,女孩露出快乐的笑容,写给我看,那头是她最好的朋友,约好这个时间打电话,这样坚持了好多年。最后她写给我的两个字是"谢谢",还画上了一个小小的心,她撕下小纸片放到我手里,然后付钱离开了,很快消失在黄昏的街道上。

　　我拿着一包盐和那张小纸片回家,一路在想,我们随时可以开口说话,也可以写信,写E-mail,现在又有了QQ,想要联络其实很简单,可是为什么电话联络本上可联系的电话却越来越少?那个女孩虽不能开口说话,可仍然坚持通过别人的传话告诉对方,我在惦念着你。友情同样需要用心经营,她们是人群中一对幸福的朋友,而我无意中分享到了这份幸福。

读好书系列

生日快乐

真情感言

爱是一种感受，即使痛苦也会觉得幸福；爱是一种体会，即使心碎也会觉得甜蜜；爱是一种经历，即使破碎也会觉得美丽。

一个男孩在一家快餐店里当服务生，不知从什么时候起，他注意到了一个经常到店里来的顾客，她是男孩见过的最漂亮的女孩。

每次那个女孩一来，男孩就会抢上前去帮她点吃的，借机和她说两句话。只要她坐在店里，男孩就觉得心里特别充实，干活特别有劲。有时候，女孩似乎是无意地对他笑笑，就能让男孩兴奋上好半天。

男孩二十一岁生日快到了，他终于下定决心，要在这一天和自己心爱的女孩说上几句话，告诉她自己是多么喜欢她。主意打定，男孩就掰着手指等待生日这天的到来，他还把见到女孩后要说的话练习了好多遍。

生日终于到了！这天早晨，男孩睁开眼睛，却发觉头痛得快要裂开了，一摸额头，火烫火烫的，嗓子里像是在冒烟，发不出一点儿声音来。男孩想挣扎着起来，可试了好几次都不行。这时，男孩突然想到："我必须去上班！要不，今天就见不到那个女孩了！"

不知怎么的，一想到那个女孩，男孩身上就来了力气。他从床上下来，走进浴室，认真地洗了洗脸，把头发梳整齐，然后赶紧穿上衣服。他看了一下表，九点三十分。"糟了！她快要来了！"因为女孩每天都是九点半左右到快餐店来的。

男孩骑上摩托车，飞快地开上公路。他的头有点晕，可他现在什么也顾不上了，为了早点见到那个女孩，他把摩托车开得飞快。

男孩的全部心思都在快餐店里，所以前方有人横穿公路，也没有引起他的注意。当他发现那个人的时候，本能地猛踩了一下刹车，可惜已经来不及了，只听"哐"的一声，他和那个行人一起被抛向了空中。

男孩在离摩托车很远的地方落下来了。他的神智还清醒，可以通过眼角看到被他撞上的那个人。他看到那个人长长的头发和脚上穿的高跟鞋，一下子愣住了：被撞的正是那个他朝思暮想的女孩！"我真该死！"男孩在心里骂了自己一句，可是他一动也不能动，他感觉自己的身体像是不存在了。他闭上眼睛，无可奈何地躺着。周围的人们很快聚拢过来，他们想帮助两个车祸的受害者。他们在把那个女孩抬上救护车的时候，有人发现她手里紧紧握着一张卡片，上边用清秀的字体写着："二十一岁生日快乐，小伙子！"

读好书系列

让我们藏起眼泪，微笑

真情感言

"积极控制你可以控制的，坦然接受你无法改变的。"这是我们在面对任何烦恼和压力时应该有的一种心态。你无法控制生命的长度，但是你可以改变生命的宽度；你无法控制天气，但是你可以展现笑容；你无法改变别人，但是你可以控制自己。

"不是不想伤感，不是不想崩溃，只是，崩溃了之后还得从头收拾山河……"说这话的是我的朋友燕子。看她一丝不苟地盘在头上的长发，合体的职业装，一尘不染的半高跟鞋，端庄的形象再加上一脸的阳光灿烂，没有人知道她最近有多狼狈。

先是父亲突然中风住进医院，她和母亲一天24小时轮番守候和送饭。好不容易父亲好点儿，她正准备高考的孩子却突然生病了——肺炎，真让她心急如焚。燕子在公司、医院和家之间来回奔波，两个月下来，已经成了地道的"骨感"女人。我从外地回来，听说此消息赶紧去看她。我一路走一路想着她如何憔悴如何沮丧,甚至如何狼狈。可眼前的燕子虽然消瘦,却仍然如往日般挺拔。面对她的笑脸,我疑惑传话的人一定搞错了。就小心地问起她的近况,燕子说:"一切都是真的。"我感慨地握住她的手:"要是换了我,早垮了!"燕子拍拍我的手笑着说:"其实我也已经垮掉一百回了!"

"可你,看上去……"我再次疑惑。

"是啊,我看上去无比坚强,像个钢铁战士。可是只有我自己知道,每天穿梭于单位、医院,回到家后,要用怎样的毅力才能爬上楼去。走进家门,扑在床上只想大哭大叫,可眼泪还没流出来,心底里另一个声音就说'别哭了,省些力气吧,明天一大早要起床熬粥往医院送,然后赶到公司去上班呢……',还没想完,人已经入睡……"燕子的脸上满是无奈,却仍笑着。

燕子接着说:"真羡慕电影里演的那些女人啊,总会找到一个时机、一个理由崩溃一番,大吼大叫、大哭大闹,或者狂醉,或者失踪,或者干脆大病一场睡上几天几夜,而且总有个伟岸的男人随时等在旁边,承受她的眼泪,然后为她收拾残局……可那只是电影。现实中,遇到事情还得自己承担,要勇敢乐观地对自己说'没什么大问题,一切都会解决的,一切都很好,我能够承受!',你当真也就挺过来了。现实生活中哪个女人不是这样过日子的呢?"

我十分感慨地和燕子告别,其他的安慰都成了多余的话,我只能用力握了握她的手。看着她劳累消瘦的身影,谁能知道一个外表如此优雅的女性,正承受着这样的压力?但是,日子总要过的,我相信她的勇气和毅力!她一定会在明天早上太阳出来的时候,穿上职业装,勇敢地用微笑去面对生活中的一切困难。

63

读好书系列

妻子的心

真情感言

身患重病的母亲，临终前耗尽心力安排了一个骗局，只为让女儿日后能健康快乐地成长。母爱的深沉穿越了生死界限，在另一位母亲的身上得到了无尽的延续。

我的妻子爱珍是在冬天去世的，她患有白血病，只在医院里挨过了短短的三个星期。

我接她回家过了最后一个元旦。她收拾屋子，整理衣物，指给我看放国库券、粮票和身份证的地方，还带走了自己所有的相片。后来，她把手袋拿在手里，要和女儿分手了，一岁半的雯雯吃惊地抬头望着母亲问：

"妈妈，你要去哪儿？"

"我的心肝儿！我的宝贝儿！"爱珍跪在地上，把女儿拢住，"再跟妈妈亲亲，妈妈要出国。"

感悟人间大爱的
真情故事

一坐进出租车，妻子便号啕大哭起来，身子在车座上滑动，我一面吩咐司机开车，一面紧紧地把她扶在怀里，嘴里喊着她的名字，等待她从绝望中清醒过来。但我心里明白，实际上没有任何女人能够做得比她更坚强。

妻子辞别人世后二十多天，从海外寄来了她的第一封家书，信封上贴着邮票，不加邮戳，只在背面注有日期。我按这个日期把信拆开，念给我们的雯雯听：

"心爱的宝贝儿，你想妈妈吗？妈妈想雯雯，每天都想，妈妈是在国外给雯雯写信，妈妈还要过一段时间才能回家。我不在的时候，雯雯听爸爸的话了吗？"

这些信整整齐齐地包在一方香水手帕里，共有十七封，每隔几个星期我们就可以收到其中的一封。信里爱珍交代我们准备换季的衣服，换煤气的地点和领粮的日期，以及如何根据孩子的发育补充营养等。读着这些信，我的眼眶总是一阵阵发潮，想到爱珍躺在病床上，睁着一双大眼睛出神的情景。当孩子想妈妈想得厉害时，爱珍温柔的话语和口吻往往能使雯雯安安静静地坐上半个小时。渐渐地，我和孩子一样产生了幻觉，感觉妻子果真远在日本，并且习惯了等候她的来信。

第九封信里，爱珍劝我考虑为雯雯找一个新妈妈，一个能够代替她的人。"你再结一次婚，我也还是你的妻子。"她写道。

65

读好书系列

一年之后,有人介绍我认识了现在的妻子雅丽。我和她谈了雯雯的情况,还有她母亲的遗愿。

"我想试试看,"雅丽轻松地回答,"你领我去见她,看她是不是喜欢我。"

我却深怀疑虑,斟酌再三。

四月底,我给雯雯念了她妈妈写来的最后一封信,拿出这封信的时间距离上一封信相隔了六个月之久。雯雯的反应十分平淡,她没有扑上来抢信,也没有搬了小板凳坐到我面前,而只是朝我这边望了望,就又继续低下头去玩她的狗熊。

"亲爱的小乖乖,告诉你一个好消息,妈妈的学习已经结束了,就要回国了,我又可以见到爸爸和我的宝贝儿了!你高兴吗?这么长时间不见,雯雯都快让妈妈认不出来了吧?你还能认出妈妈吗?"

我注意着雯雯的表情,使我忐忑不安的是,她仍然在一心一意地为狗熊洗澡,仿佛什么也没听到。

感悟人间大爱的
真情故事

　　一个阳光明媚的星期日,我带雅丽来到家里。雯雯正光着脚丫坐在床上看画报。

　　"雯雯,"此刻我能感觉到自己声音的颤抖,"还不快看,是不是妈妈回来了!"

　　雯雯呆呆地盯着雅丽,尚在犹豫。雅丽放下皮箱,迅速走到床边,抱住了雯雯:"好孩子,不认识我了?"

　　雯雯脸上的表情瞬息万变,由惊愕转向恐惧,我紧张地注视着这一幕。接着,发生了一件我们都没有预料到的事。她丢下画报,放声大哭起来,用小手拼命地捶打着雅丽的肩膀,终于喊出声来:"你为什么那么久才回来呀!"

　　雅丽把她抱在怀里,孩子的胳膊紧紧搂住她的脖子,全身几乎痉挛。雅丽看了看我,眼睛里立刻充满了泪水。

　　"宝贝儿……"她亲着孩子的脸颊说,"妈妈再也不走了。"

　　这一切都是孩子的母亲一年半前挣扎在病床上为我们安排下的。

读好书系列

蜘蛛人头套

真情感言

大爱无言,真正的情不需要太多的语言,无论是友情还是爱情。就算是厄瓜多尔输了球,卡维德斯没有拿出头套的机会,但有一点可以肯定,那个头套会深深藏在他的心底,成为激励他不断前进的动力。

2005年3月17日,南美国家厄瓜多尔的一条高速公路上发生了一起严重的车祸。国家足球队的绝对主力特诺里奥不幸在车祸中丧生。

在特诺里奥的追悼会上,一位队友向其家人提出了一个很不平常的要求,希望得到特诺里奥经常用的那个黄色的蜘蛛人头套。特诺里奥年幼的儿子非常崇拜蜘蛛人,因而在过往的比赛中,只要是进了球,特诺里奥就会罩上蜘蛛人头套,好让电视机前的儿子看到后格外开心。而今,特诺里奥永远不会有这样的机会了。而且这位队友分明还记得,就在不久前,特诺里奥还有意无意地告诉大

68

家,如果他去不了德国,无论是哪个队友进了球,他都希望他戴上蜘蛛人头套庆贺。而要头套的这位队友的名字叫卡维德斯,是特诺里奥生前的挚友。

2006年6月15日下午6点,世界杯赛场上,厄瓜多尔迎战哥斯达黎加,他们把已经领先对手两球的优势一直保持了90分钟,剩下的应该是庆贺顺利晋级16强了。可是,在终场前的补时阶段,替补上场的一位射手凌空垫射打入了第三个球,为球队的最终胜利锦上添花。这个球就算不进也不影响大局,但关键的是进球队员像变戏法似的从裤子里掏出一个蜘蛛人面具,迅速跑到了球场边,做仰天长啸状,不禁让所有的人都深感意外。

这位队员就是卡维德斯,他没有对自己的行为做出解释,而是默默地离开了球场。他以这种独特的方式深深地悼念着已经离世的队友,并无言地实现了他的遗愿。其实,在上场不长的时间内,卡维德斯还犯了赛场之大忌,那就是埋怨另外一位队友,只顾自己突破却不及时把球传出来,他态度恶劣得几乎让每一个仔细看球的球迷都觉得这个人是那般的没有教养,连裁判都露出了略带惊讶的神色。当明白其真相后,没有一个人不被感动。连一向对球员在球场上的异样行为处罚严厉的国际足联,对此也似乎视而不见。国际足联联络部部长希格勒尔反问众多的记者:"国际足联并没有禁止球员做这种行为的规定,难道他以这种方式来祭奠过世的队友有什么不妥当吗?"

读好书系列

短暂的友谊

真情感言

上升的生命曲线不再和下降的生命曲线交叉，一只猎狗和一个孩子的短暂友谊就这样莫名其妙地结束了。人与动物的情感也同样值得我们深深回味！

威廉是街对面一只脾气很坏的老猎狗，要是有人接近它，它便会龇牙咆哮。

威廉像一个退休的老将，不和别的狗来往，宁可独自散步。它每天一定在早上7点和晚上6点出去，像煞有介事地环绕街区一周，从不变更路线。它步伐从容，态度威严。它的短腿，特别是后腿，因为患关节炎而僵硬了，变成两个不对称的人字形骨架，与其说在走，不如说在跳。它对来往的人和狗都保持距离，常咕噜低吠，表示对周围事物的不满。

我们的小儿子丹尼碰到威廉时，只有一岁多点，正是他因为发现自己会单独跑路而感到快乐的时候。他说跑就跑，常常跌倒，擦破膝盖，但从不泄气。

感悟人间大爱的 真情故事

　　威廉初见丹尼时，照例咕噜低吠，但丹尼是天生的乐观者，只当那是一种表示友善的声音。威廉不愿意和一个显然比自己幼小的东西接触，便闪开。但当丹尼追上去摔了个脸朝天时，它却好像觉得很好玩，跳了几步，又回过头，看那孩子是不是还在跟着。丹尼冲上去想抓威廉的尾巴，跌倒了。老狗连跳了两步，尾巴没有被抓到。丹尼爬起来再追上去，连跑了几步又跌倒。老狗一面向前跳，一面把头转回九十度来看丹尼。几米后，双方都停下来，累了。以后的几星期，街上的其他孩子看见威廉和丹尼一起玩，都觉得奇怪。有人亲眼看见那老狗居然跑起来，丹尼和它追逐竟达30米远，老狗左旋右转地躲开丹尼，并猖猖狂吠，不过吠声里并不含恶意。他们玩累了，便并坐在威廉屋前坡度很陡的车道下面，丹尼的手搁在威廉颈部的老伤疤上——那是大人和小孩都不敢碰的最敏感的地方。从远处看，他们好像在谈心：老狗说它年轻的日子和光荣的往事——在篱笆下掘地道，长途跋涉，遭到比它大得多的狗的伏袭时所表现的勇敢和坚强不屈。丹尼则眉开眼笑，威廉是他自己交的第一个朋友。

　　后来，我们离家度假三个星期。回来时，丹尼已能一直奔跑到街角而不摔跤。他不等威廉，威廉也追不上他，只能跟在后面呼呼地喘气。也许是威廉生气，也许是丹尼已不需要停下来休息，他们不再彼此并坐谈心了。

　　老狗恢复踽踽独行的习惯，丹尼则参加较大孩子们的追逐奔跑，寻求新的和更刺激的玩意儿。

71

读好书系列

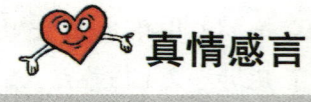

父亲的角色

真情感言

无论教授还是小贩，当他身为人父时，光彩熠熠或者卑微渺小已经变得不重要，重要的是他作为父亲的责任——无怨无悔地付出。所以，当看到堂堂大学教授沦为走街串巷的小贩时，我们无须惊异，亦不必惋惜，因为他是在履行一个父亲的责任。

有这样一位父亲，他是一所重点大学中文系的教授。他刚三岁半的儿子不幸患了严重的尿毒症，生命危在旦夕。第一次动手术，需要各项费用6万元。这是在20世纪70年代末，那时他的工资是每月200多元。

为了给孩子治病，他在教学之余，买了一辆二手三轮小货车，趁星期天的时候，到冷饮市场批发一些冰棍，然后在校园里四处叫卖。毕竟做了大半辈子文化人，而今要沿路卖冰棍，心头不免有点斯文扫地的尴尬，每当熟悉的同事或学生走来时，他都羞得直想钻地缝。更让人难堪的是，他还常被一些不知情的群众误解。有一次，一位年轻的母亲领着孩子在他那儿买了根冰棍，转身离去时，那年轻的女人对孩子说："你若不好好读书，将来就会像他一样，只能卖冰棍！"听了这样的话，他的心里一阵阵绞痛，但为了给孩子治病，他不得不抛弃文化人的清高，忍受和适应这种小贩生活。

第一个月下来，他挣的钱相当于他一年的工资，可以支付儿子半个月的透析费了。他终于看到了一线曙光，那是儿子生的希望啊!后来,他干脆提前退休,在校园里开了一家小卖部。他每天起早贪黑,像老燕为雏燕衔泥做窝一样,用自己的辛劳,为身患绝症的儿子垒起了一道生命的防护墙。

如今,他已年逾古稀,为儿子操劳得两鬓霜白,背脊弯曲。由于过度劳累,他自己也落下了一身病。近二十年来,他为治儿子的病花去的各种治疗费用共计150万元。这些钱,除了他那微薄的退休金,大部分都是靠他卖冰棍一元一元吆喝出来的。

和他儿子得同样病的许多病友,都先后去世了,唯有他儿子还活得好好的,如今都大学毕业了。连主治医生都不得不惊叹这是一个奇迹。而熟悉他的人都知道,这个奇迹是这位父亲用常人难以企及的毅力和决心创造的。

当记者采访这位父亲,问他从一所重点大学的教授沦为一个小贩,内心有何感受时,他只轻描淡写地对记者说了这样一段话:"我只是在尽一个做父亲的责任。面对孩子,我的身份已经无足轻重了,即便我不是一个所谓的知识分子,而只是肩扛锄头的一介莽夫,在孩子生病后,命运只赋予我一个角色——父亲。"

在他眼里,父亲这角色不需要过多华丽的言语去装饰,有的只是无怨无悔的付出。

读好书系列

父亲一样的大叔

真情感言

姑娘与大叔萍水相逢，但大叔的憨厚与善良感动了姑娘。我想，在我们生活的城市里，会有很多像大叔一样善良的人，他们默默的关爱就如同一盏灯，照亮我们的每一段人生路程。

在远离家乡的城市求学，对一个农村孩子来说是件既骄傲又辛酸的事。都市的喧闹繁华，对于我如海市蜃楼般美好而遥不可及，我必须考虑的是父母面朝黄土背朝天的劳作和我那减了又减的生活费。

大学的第二学期，我终于找到了一份工作——家教。工作来之不易，所以我格外用心。每个双休日，我都要在郊

感悟人间大爱的
真情故事

外的校园和市中心学生家之间穿梭。路很远,为点省下车费,每次我都要跑一半路再乘车。

一个星期六,由于多上了一节课,从学生家出来时,已是华灯初上了。公交车站牌下只有一个垃圾箱静静地立着,最后一班车早已开走了。

读好书系列

路边音响店里放着舒缓柔美的流行歌曲,我却感受不到丝毫温暖。出租车一辆接一辆地呼啸而过,我却不能拦下任何一辆,因为我知道,我的衣袋里只有两元三角钱。去郊外必经的那条路没有路灯,但没办法,我只能硬着头皮往回走。

"闺女,坐车不?"一辆人力三轮车停在我面前。车主是个40岁左右的中年人,有着黝黑的皮肤和憨厚的笑脸。那是父一样亲的皮肤,父亲一样的脸。我说了学校的地址,并掏出所有的钱给他看,他轻轻叹了口气,说:"你也太胆大了,大黑天儿的一个人回郊外。走吧,我送你去。"

路上,他不停地问这问那,问大学里多姿多彩的生活,问我的学习成绩。当他得知我是做家教挣生活费时,竟轻声责备我:"小闺女家,哪能这样拼命呢。没钱,问家里要,你爹一定能想办法!"那口气和父亲责备我时一模一样,我的泪一下子涌了出来。

到达学校时,他已累得大口大口地喘气了。我把仅有的两元三角钱塞到他手里,扭头就想往学校跑。他一把拉住我,喘着粗气说:"别……忙,闺女,留几毛……茶钱吧!"说着,往我上衣口袋里塞了一下,又按住了我要掏口袋的手。我哽咽着,想说些什么,可只叫了声"大叔"就什么也说不出来了。

他又叹了口气,用一只长满老茧的大手摸了摸我的头说:"闺女,好好念书,给你爹争口气。我得走了啊。"那动作、那口气,很像我的父亲。我看着他和那辆车一点一点融入夜幕,泪水止不住地淌下来,父亲和大叔的影子一遍又一遍地在脑中显现、重叠。

那天,我在大门口朝大叔远去的方向站了很久,直到我终于明白,也许这一生我都没有机会再见这位父亲一样的大叔一面了。

同寝室的姐妹都已睡下,门给我留着,我换下的没顾得上洗的衣服已经被洗干净挂在了我的床头。我掏出大叔塞回的"茶钱",看见一张墨绿色的两元人民币,在灯光下闪着华美的光芒。我的泪再一次流出来,泪眼蒙眬中我看见了那黝黑的皮肤和憨厚的笑容,看见了父亲,看见了父亲一样的大叔,看见了人间最美、最温暖的东西……

读好书系列

秋天的怀念

真情感言

母亲在弥留之际仍念念不忘自己"有病的儿子与未成年的女儿"。她想倾尽一生的爱，来尽自己身为母亲的责任。而这样一位伟大的母亲，却在秋风萧瑟时与世长辞，怎不令人憾然。

双腿瘫痪后，我的脾气变得暴怒无常。望着天上北归的雁阵，我会突然把面前的玻璃砸碎；听着李谷一甜美的歌声，我会猛地把手边的东西摔向四周的墙壁。母亲就悄悄地躲出去，在我看不见的地方偷偷地听着我的动静。当一切恢复沉寂，她又悄悄地进来，眼眶红红的，看着我。

"听说北海的花都开了，我推着你去走走。"她总是这么说。母亲喜欢花，可自从我的腿瘫痪后，她侍弄的那些花都死了。

"不，我不去！"我狠命地捶打着两条可恨的腿，喊着，"我活着有什么劲！"母亲扑过来抓住我的手，忍住哭声说："咱娘儿俩在一块儿，好好儿活，好好儿活……"可我却一直都不知道，她的病已经到了那步田地。后来妹妹告诉我，她常常肝疼得整宿整宿翻来覆去地睡不着觉。

那天我又独自坐在屋里，看着窗外的树叶"唰唰啦啦"地飘落。母亲进来了，挡在窗前："北海的菊花开了，我推着你去看看吧。"她憔悴的脸上出现央求般的神色。

78

"什么时候？"

"你要是愿意，就明天？"她说。我的回答已经让她喜出望外了。

"好吧，就明天。"我说。

她高兴得一会儿坐下，一会儿站起："那就赶紧准备准备。"

"哎呀，烦不烦？几步路，有什么好准备的！"

她笑了，坐在我身边，絮絮叨叨地说着："看完菊花，咱们就去'仿膳'，你小时候最爱吃那儿的豌豆黄儿。还记得那回我带你去北海吗？你偏说那杨树花是毛毛虫，跑着，一脚踩扁一个……"她忽然不说了。对于"跑"和"踩"一类的字眼儿，她比我还敏感。她又悄悄地出去了。

她出去了，就再也没回来。

邻居们把她抬上车时，她还在大口大口地吐着鲜血。我没想到她已经病成那样。看着三轮车远去，也绝没有想到那竟是永远的诀别。

邻居的小伙子背着我去看她的时候，她正艰难地呼吸着。别人告诉我，她昏迷前的最后一句话是："我那个有病的儿子和我那个还未成年的女儿……"

又到了秋天，妹妹推着我去北海看菊花。黄色的花淡雅，白色的花高洁，紫红色的花热烈而深沉，潇潇洒洒，秋风中正开得烂漫。我懂得母亲没有说完的话，妹妹也懂。我俩在一块儿，要好好儿活……

读好书系列

把报纸放下

真情感言

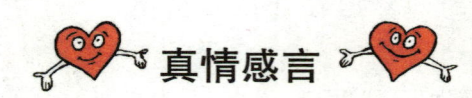

在人际交往中,突破害羞与防卫的屏障,我们将得到一个崭新的世界。

威甘德登上了南行的"151"号公共汽车,凭窗西望,芝加哥的冬日景色实在一无是处——树木光秃,地上积了一摊摊融化的雪水,汽车溅泼着污水泥浆前进。

公共汽车在风景区林肯公园里行驶了几公里,可是谁都没有朝窗外看。乘客们穿着厚厚的衣服在车上挤成一团,全都给单调的引擎声和车厢里闷热的空气弄得昏昏欲睡。

谁都没作声,这是在芝加哥搭车上班的不成文规

感悟人间大爱的
真情故事

矩之一。虽然威甘德每天碰到的大都是这些人,但大家都宁愿躲在自己的报纸后面。此举所象征的意义非常明显:彼此在利用几张薄薄的报纸来保持距离。

公共汽车驶近密歇根大道一排闪闪发光的摩天大厦时,一个声音突然响起:"注意!注意!"报纸嘎嘎作响,人人伸长了脖颈。

"我是你们的司机。"

车厢内鸦雀无声。人人都瞧着司机的后脑勺,他的声音很有威严。

"你们全都把报纸放下。"

报纸慢慢地被放了下来,司机在等着。乘客们把报纸折好,放在大腿上。

"现在,转过头去面对坐在你身边的那个人,转啊!"

使人惊奇的是,乘客们全都这样做了。但是,仍然没有

81

读好书系列

一个人露出笑容,他们只是盲目地服从。

威甘德面对着一个年龄较大的妇人。她的头被红围巾包得紧紧的,他几乎每天都看见她。他们四目相投,目不转睛地等候下一个命令。

"现在跟着我说……"那是一道用军队教官的语气喊出的命令,"早安,朋友!"

他的声音很轻,很不自然。对其中许多人来说,这是今天第一次开口说话。可是,他们像小学生那样,齐声对身旁的陌生人说了这四个字。

威甘德情不自禁地微微一笑,完全不由自主。他们松了一口气,知道不是被绑架或抢劫。而且,他们还隐约地意识到,以往他们怕难为情,连普通礼貌也不讲,现在这腼腆之情突然一扫而光。他们把要说的话说了,彼此间的界限消除了。"早安,朋友!"说起来一点儿也不困难。有些人随后又说了一遍,也有些人握手为礼,

许多人都大笑起来。

　　司机没有再说什么,他已无须多说,没有一个人再拿起报纸。车厢里一片谈话声,你一言,我一语,热闹得很。大家都听到了欢笑声,一种以前在"151"号公共汽车上从未听到过的热情洋溢的声音。

读好书系列

目标的力量

真情感言

目标与希望是人们生活的方向标，如果我们有目标要去追求的话，生活的压力和张力就会消失，我们就会像障碍赛跑一样，为了达到目标，而不惜冲过一道道关卡和障碍。

有一个年轻人去采访朱利斯·法兰克博士。法兰克博士是市立大学的心理学教授，虽然已经70岁高龄了，却保持着相当年轻的体态。

"我在好多好多年前遇到过一个中国老人，"法兰克博士解释道，"那是二战期间，我在远东地区的俘虏集中营里，那里的情况很糟，简直令人无法忍受。食物短缺，没有干净的水，放眼所及全是患痢疾、疟疾等疾病的人。有些战俘在烈日下无法忍受身体和心理上的折磨，对他们来说，死已经变成了解脱。我自己也想过一死了之，但是有一天，一个人的出现激起了我的求生意念

感悟人间大爱的
真情故事

——一个中国老人。"

年轻人非常专注地听着法兰克博士诉说那天的经历。"那天我坐在囚犯放风的广场上,身心疲惫。我心里正想着,要爬上通了电的围篱自杀是件多么容易的事。一会儿之后,我发现身旁坐了个中国老人,我因为太虚弱了,还恍惚地以为是自己的幻觉。毕竟,在日本的战俘营区里,怎么可能突然出现一个中国人?"

"他转过头来问了我一个问题,一个非常单的问题,却救了我的命。"

年轻人马上提出自己的疑惑:"是什么样的问题可以救人一命呢?"

"他问的问题是,"法兰克博士继续说,"'你从这里出去之后,第一件想做的事情是什么?'这是我从来不敢想的,但是我心里却有答案:我要再看看我的太太和孩子们。突然间,我认为自己必须活下去,那件事情值得我活着回去做。那个问题救了我一命,因为它给了我某个我已经失去的东西——活下去的理由!从那时起,活下去变得不再那么困难了,因为我知道,我每多活一天,就离战争结束近一点,也离我的梦想近一点。中国老人的问题不只救了我的命,它还教了我从来没学过却是最重要的一课。"

"是什么?"年轻人问。

85

读好书系列

"目标的力量。"

"目标?"

"是的,目标给了我们生活的目的和意义。当然,我们也可以没有目标地活着,但是要真正地活着、快乐地活着,我们就必须有生存的目标。有了目标,我们才知道要往哪里去,去追求些什么。没有目标,生活就会失去方向,而人也成了行尸走肉。同时,目标甚至可以让我们更能够忍受痛苦。"

"我有点不太懂,"年轻人犹豫地说,"目标怎么让人更能够忍受痛苦呢?"

"嗯,我想想该怎么说……好!想象你肚子痛,每几分钟就会有一次剧烈的疼痛,痛到你会忍不住呻吟起来,这时你会有什么感觉?"

"太可怕了,我可以想象。"

"如果疼痛越来越严重,而且间隔的时间越来越短,你有什么感觉?你会紧张还是兴奋?"

"这是什么问题,痛得要死怎么可能还兴奋得起来。"

"不,这是个怀孕的女人!这个女人忍受着痛苦,她知道最后她会生下一个孩子。在这种情况下,这个女人甚至可能还期待痛苦越来越频繁,因为她知道阵痛越频繁,表示她就快要生了,这种疼痛的背后有具体意义的目标,因此使得疼痛可以被忍受。同样的道理,如果你已经有个目标在那儿,你就更能忍受达到目标之前的那段痛苦期。我曾经看见一个非常消沉的战俘,于是我问他同一个问题:'当你活着走出这里时,你第一件想做的事是什么?'他听了我的问题之后,渐渐地,脸上的表情变了,他因为想到自己的目标而两眼闪闪发亮。他要为未来奋斗,当他努力地活过每一天的时候,他知道离自己的目标更近了。"

"我再告诉你一件事。战争结束之后,我在哈佛大学从事了一项很有趣的研究。我问1953年那届毕业学生,他们的生活是否有任何企图或目标?你猜有多少学生有特定的目标?"

86

"50%。"年轻人猜道。

"错了!事实上是低于3%!"法兰克博士说,"你相信吗,100个人里面只有不到3个人对他们的生活有一点儿想法。我们持续追踪这些学生25年之久,结果发现,那3%的有目标毕业生比其他97%的人拥有更稳定的婚姻状况。他们的健康状况良好,同时,财务情况也比较正常。当然,毫无疑问,我发现他们比其他人有更快乐的生活。"

"你为什么认为有目标会让人们比较快乐?"年轻人问。

"因为我们不只从食物中得到精力,尤其重要的是从心里的一股热忱中获得精力,而这股热忱则来自目标,对事物有所企求,有所期待。为什么有那么多人不快乐?一个非常重要的原因就是他们的生活没有意义、没有目标。目标是我们快乐的基础。人们总以为舒适和富裕是快乐的基本要求,然而事实上,真正会让我们感觉快乐的却是某些能激起我们热情的东西,这就是快乐最大的秘密。缺乏意义和目标的生活是无法创造出持久的快乐的,而这就是我所说的'目标的力量'。"

读好书系列

时刻都在你身边 父母不可能

真情感言

人总要学会独立，父母不会陪伴你一生。懂得宽容，懂得爱，自己的人生才能更精彩。

父母的形象是极为奇妙和神秘的。当我们年幼的时候，他们看起来似乎很聪明、睿智和坚强。等到我们稍微长大一些，父母的形象开始褪色，这是孩子开始冷静思考的时候。换言之，我们了解到他们并不是我们想象中的英雄，他们只是挣扎着想尽力完成自我的人。正如同芸芸众生，我们会觉得失望、背叛，甚至羞耻。也正是在这种时刻，你需要原谅你的父母，他们也不过是凡人。

斯蒂克大约四岁时，喜欢到后院去爬树，爬到树上可以让他登高远望。每天在树枝中间愈爬愈高，他的自信心也随之增长。很快，再也没有一棵树会令他觉

感悟人间大爱的
真情故事

得太高而不敢攀爬了。

　　有个星期六,斯蒂克的爸爸沃克正在屋里写作,突然听到斯蒂克发狂地尖叫。沃克惊跳起来,踢倒椅子,冲向后门,他以为儿子伤了手指或断了手臂。沃克推开后门,看到儿子吊挂在院子角落的一棵柳树上。虽然那棵柳树那时候比现在要小,不过依然称得上是一棵大树。斯蒂克

读好书系列

吊在一根树枝上摇晃,想必是从树枝中间滑了下来。他的手还抓着树枝,而脚却悬挂在半空中。由于他所抓的树枝快撑不住了,所以他大声尖叫,仿佛要掉落到火山熔浆里似的。可笑的是,他离地并不远,大概1.8米。

沃克跑到儿子身边伸手抓住他的腿,让他知道自己来了,一切都没问题,沃克伸出的援手及他的声音安慰了斯蒂克。他放手,慢慢滑进父亲的怀抱,他紧紧拥抱爸爸,简直快把爸爸勒死了,以他才四岁的年纪来说,他还小,尚不知道在爸爸的面前隐藏他的情绪。等他哭完之后,他感谢爸爸救了他。

从那时候起,斯蒂克对爸爸的能力笃信不疑,在他需要爸爸的时候,爸爸就在他身边。这不过是短暂的一刻,却令沃克终生难忘。他想:"我是个超级英雄,没有什么办不到的事,因为我救了我

的儿子。"

不过，孩子是会长大的，随着时光飞逝，幼儿茁壮成长，相比之下在他们眼中大树也变成小树了，不久，他们在树上攀爬跳跃简直易如反掌。斯蒂克12岁的时候，他又从同一棵树上摔了下来，这回沃克不在家，斯蒂克的手臂骨折了。沃克第二天回到家时，儿子就坐在沙发上，手臂上打了石膏。他忍着痛楚，向爸爸解释他从同一棵树上跌了下来。其他的什么都没说，也许也没想那么多。不过他清楚，这次爸爸没有及时伸出援手，因为当时他不在家。沃克想，儿子应该觉得非常失望。从那天起，他作为爸爸闪亮的盔甲黯然失色了。

然而，人生有许多时候，你的父母应该站在树下救你，却不一定在场。父母也会犯错，有时是极大的错误，也许对你说这些，你可能还似懂非懂。可是，总有那么一天，当你从树上摔下来的时候，刚巧父母不在身边，你必须要懂得原谅你的父母。

读好书系列

给妈妈的礼物

真情感言

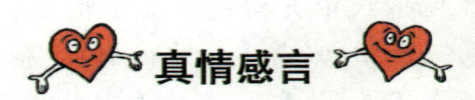

母亲所需要的,只是你发自内心的关怀。

这一年的母亲节,完全是个让10岁的吉米和他12岁的哥哥尼克激动不已的日子——他们要各自送给母亲一份礼物。

吉米和尼克想着这件会让母亲感到出乎意料的事,越想心里越激动,他们把这事告诉了父亲。

"你们打算给妈妈送什么礼物?"父亲问。

"我们俩将各送各的礼物。"吉米答道。

吉米经过再三考虑,最后买了一把上面镶有许多光闪闪小石子儿的梳子。这些小石子儿

感悟人间大爱的
真情故事

读好书系列

看上去就如同钻石一般。尼克很赞赏吉米的礼物,但却不愿说出他买的是什么。

"等我选个时间,我们再把礼物拿出来送给母亲。"尼克说。

"什么时间?"吉米迷惑不解地问。

"说不准,因为这跟我的礼物有关。"尼克神秘地说。

第二天早上,母亲准备要擦洗地板。尼克对吉米点头示意,然后他们就跑去拿自己的礼物。

吉米回来的时候,母亲正跪在地上,疲惫不堪地擦洗着地板。她用他们穿烂了的破衣片,一点一点地把地板上的脏水擦去。

紧跟着,尼克也拿着他的礼物返回来了。母亲一看到他的礼物,顿时脸色煞白。尼克的礼物是一只带有绞干器的新清洗桶和一个新拖把!

"一只清洗桶,"她说着,伤心地几乎语不成句,"母亲节的礼物,竟然是一只……一只清洗桶……"

感悟人间大爱的
真情故事

尼克的眼睛里涌出了泪花。他默然无语地拿上清洗桶和拖把向楼下走去。吉米把梳子装进衣袋,也跟着跑了出去。他们在楼梯上碰到了父亲。因为尼克哭得说不出话来,吉米便向父亲说明了事情的原委。

"我要把这些东西拿回去。"尼克抽抽噎噎地说。

"不,"父亲说着,用拖把吸干了地上的一摊水,然后又用脚踏绞干器,轻快地把拖把绞干。

"你没让尼克把他要说的话说出来,"他对母亲说,"尼克这份礼物的另一半,是从今天起由他来擦洗地板。是这样吗,尼克?"

尼克明白了其中的道理,羞愧得满面通红。"是的,啊!是的。"他声调不高但却热切地说。

母亲体恤地说:"让孩子干这么重的活儿会累坏他的。"直到这个时候,吉米才看出了父亲有多么聪明。

"啊,"父亲说,"用这种巧妙的绞干器和清洗桶,活儿便不会那么重,肯定干起来要比原先轻松的。这样你的手就可以保持干净,你的膝盖也不会被磨破了。"父亲说着,又敏捷地示范了一下那绞干器的用法。

母亲伤感地望着尼克说:"唉,女人可真蠢啊!"她吻着尼克。尼克这才感到好受了一些。

接着,父亲问吉米:"你的礼物是什么呢?"

吉米摸着衣袋里的梳子,心想:"若把它拿出来,它会像尼克的清洗桶一样,仅仅只是一只清洗桶。就是说得再好,我的梳子也只不过是镶了几块像钻石一样闪光的石子儿罢了!"

"一半儿清洗桶。"吉米平静地说。

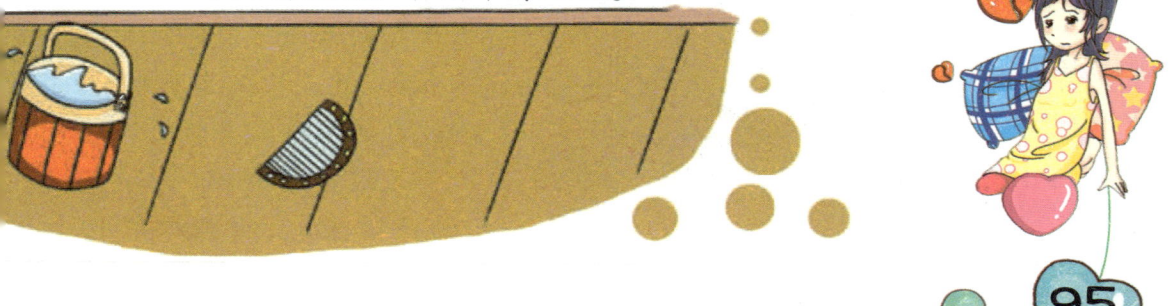

95

读好书系列

女儿出走

真情感言

父亲精心设计的一个善意骗局，最终使出走的女儿回到家中。人们常说慈母严父，母亲的爱是温柔而细腻的，父亲的爱是严厉又粗犷的。而在这里，我们分明看到了一位心思细腻又善解人意的慈父。

一个女孩负气离家出走，母亲看见她留下的纸条，第一个念头就是去派出所报案。但这时电话响了，是孩子父亲打的。

父亲听了这件事，沉默半晌，说："不要闹得满城风雨，那孩子自尊心极强，等等吧。"

女孩业余爱好是上网，父亲虽然不知道她常去哪个网吧，但有她的一个电子邮箱，于是给她写了一封信："我知道你生气藏起来了，我估计也找不到你，就让你安静地回味一下过去的快乐和苦恼。"

一天过去了，女孩没有回音，母亲很着急，所有的亲戚

感悟人间大爱的
真情故事

朋友家都问过了,没有女儿的消息。她又想给女儿同学打电话询问,被父亲拦住:"不要让他们知道,孩子以后得上学,那时她面对老师和同学会成为'另类'。明天一早,你去学校,帮孩子请一周病假。"

当晚,父亲给女儿发了一封电子邮件:"呵呵,我猜到了,你正在上网,对吗?注意啦,墙那边的屋子里正坐着你老爸我!不信,你去看看。"

夜里11点,女儿终于有了音讯,一封给父亲的电子邮件:"我们相隔万水千山,好自由的感觉,我要独自闯荡世界,像三毛那样浪漫地流浪四方!"母亲一看,眼泪当场冒出来。父亲却笑着说:"这是曙光啊,说明孩子想我们了,否则,又何必说这些?"父亲当即复信:"坚决支持你的伟大行动!我为有这么一个充满激情与幻想的女儿而骄傲!爸爸年轻时是个诗人,多想像你今天这样走出去啊,但没有决心,太惭愧了……"

第二天上午,父亲的电子邮箱里静静地躺着一封信:

读好书系列

"老爸,不要惭愧,现在行动还来得及。但我想先创业,然后接你过来玩。"父亲赶紧回复道:"你创业成功时,我也老喽,走不动喽!"

10分钟后回音来了:"我初步预计,创业要十年,那时你55岁,还没退休呢!"父亲看了,故意不答复,等到午饭后才上网回信:"不行啊,老爸今天淋雨了,全身难受,到55岁,身体可

能更弱。你买伞了吗?"下午,接到女儿回信:"不要紧,雨淋不着我,我不出门。"父亲阅后,对妻子说:"好了,女儿现在很稳定,我推测她没有出城,可能住在旅馆里。让她疯两天,一切自理,过不了多久,就会累得想家了。"

晚上,女儿又来了封信。这次父亲以妈妈的口吻回答她:"孩子,你爸爸淋雨后全身难受,发高烧,住院去了。妈现在没时间跟你联系,得去医院陪护他。再见!"

果然不出所料,女儿在第二天的电子邮件中关切地问:"爸爸病好了吗?"父亲一笑,关上电脑,不予理睬。午饭时分,电话铃响了,父亲示意母亲接,说:"告诉她,爸爸烧糊涂了,老是念叨女儿。说完就挂!"母亲照办。

傍晚,楼梯口传来熟悉的脚步声。父亲赶紧躺在床上,母亲按原定计划准备迎接女儿。"咚咚咚",有人敲门。透过猫眼瞅,是女儿。母亲轻轻开了门,对女儿摆摆手:"小声点儿,你爸在睡觉。"女儿一脸疲惫,放下包裹,蹑手蹑脚地走进里屋,见爸爸安静地躺着,泪水"哗"地涌了出来……

事后,父亲说:"孩子一个人在外边吃点苦是迟早的事,阻拦她只会适得其反,何不顺水推舟,让她去锻炼一回呢!"

读好书系列

一个女孩让我明白了爸爸的爱

真情感言

父亲的严厉和残酷，其实也是一种爱的方式，其中包含了他的满怀期望和一片苦心。好在火车上的残疾女孩为作者上了生动的一课，也算不枉此行了！

列车颠簸着向前开去。这个秋日的午后，空气浓稠得像胶冻一样，让人疲乏无力，单一的隆隆声在脑海中如丝线般绵延不断地扯过，也不知要走多久。我怀着这样一种近乎疲惫的情绪想着。

这是我第一次远行，妈妈本来要送我，可是爸爸说什么也不让，就要我自己一个人去大学报到。"一个人就一个人，离了你们我还不活了？"我丢下这句话，怀着对爸爸的怨恨一个人踏上了远行的列车。对于爸爸，我没有多少感情，甚至怀疑他

感悟人间大爱的
真情故事

不是自己的亲生父亲。要不为什么他对我总那么严厉,甚至是可以说残酷。

我对面坐着一个比我小的残疾女孩。

"你是一个人吗?"我问她。

"是的,我常常一个人坐火车去乡下的奶奶家。乡下风景很美的。"女孩笑着说。

读好书系列

"你爸妈怎么放心你一个人呢?"我问。

"放心,原先爸妈还送我上火车,现在,我不用他们送了,自己就行,连票我都自己买。"女孩得意地说。

"你看,那些种在两边的树,我一直觉得它们像中世纪的欧洲妇女,提着裙子向前奔跑……"女孩的目光投向窗外,像是自言自语,又像是在和我说话。我看不出她脸上有一丝忧伤的神情。我暗想:假如我是她,我会怎样呢?

"那边有一个村子,看那个孩子冲我招手呢!"女孩的声音变得很兴奋。

"他不过是冲着整列火车招手罢了。"我忍不住提醒她。

"那又有什么关系?他看见了火车,我在火车里看见了他,于是他也是在冲我招手。"她的声音里没有丝毫的不悦。我很想像她一样对一切都保持旺盛的好奇心和希望。

"你在想什么?"女孩突然问我。

"我在想,你一定是个很乐观的人。"说完这句话,我下意识地看了一下她身旁的拐杖。

"你说对了。但是我以前不这样,刚出车祸的那段日子,我几次自杀都被爸妈阻止了。如果不是他们疼我、爱我,我早完了。"女孩淡淡地说,这时我才从她的眼睛里看到一丝忧伤的神情。

"你爸妈疼你,怎么舍得让你一个人坐火车呀?"我想起了自己那狠心的爸爸,不由得说了一句。

"我以前也认为爸妈不疼我,我都

感悟人间大爱的
真情故事

是残疾人了,他们还是像以前一样,什么事情都要我自己做。后来我渐渐明白,我不能到哪里都要爸妈跟着,他们也不能跟我一辈子呀,他们要我独自做事,也是为我好。"女孩感叹地说。

我有些吃惊。如果不是亲耳听到,我怎么也不会相信,这样的话是出自一个小女孩之口,而且这个小女孩还有些残疾。

我有些脸红,我想起了家中一向严厉有加的爸爸:那让离家很近的我,在学校吃食堂住集体宿舍的爸爸;那铁石心肠、不愿意为我能进重点中学读书而去求人的爸爸;那要我在暑假上街卖冷饮"体验生活"的爸爸……为什么我没有想到他也是为了我能自立自强呢?为什么我认识不到他给我的也是爱呢?

"爸爸妈妈告诉我,除了行走有一点儿不方便,我并不比别人差什么。"女孩指指身旁的拐杖说。我坚定地点了点头。

女孩比我早下车,我帮她将行李送下火车。她笑着说:"谢谢!谢谢!"

其实,应该说"谢谢"的是我,她,一个比我小两岁的女孩子,让我懂得了什么是真正的爱。我下定决心,到学校后的第一件事就是给家里打个电话,向爸爸说一声对不起……

103

读好书系列

幸福铃声

真情感言

都说大爱无言，虽然父女间远隔千山万水，但是父亲只要能听到女儿拨打的电话铃声，知道女儿平安，就已心满意足。这样无言的交流，是一种默契，也是一种幸福。

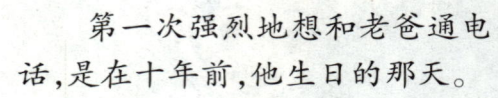

第一次强烈地想和老爸通电话，是在十年前，他生日的那天。

那时候，我还在南方读书，交了学费，家里已无力支付我的生活费。日常开支基本上依赖学校的特困生补助和一些微薄的奖学金。

学校离家实在是太远了，为了省下路费，大学四年我没回过一次家。每个周末我都坐在校园的紫荆树下给父亲写信，告诉他我又考了全年级第一名，拿到了一等奖学金；告诉他我在那件从高中就穿的旧衣服上贴了一朵精致小花，穿在身上仍然漂亮；还告诉他，我们学校有一种紫色的花，

感悟人间大爱的
真情故事

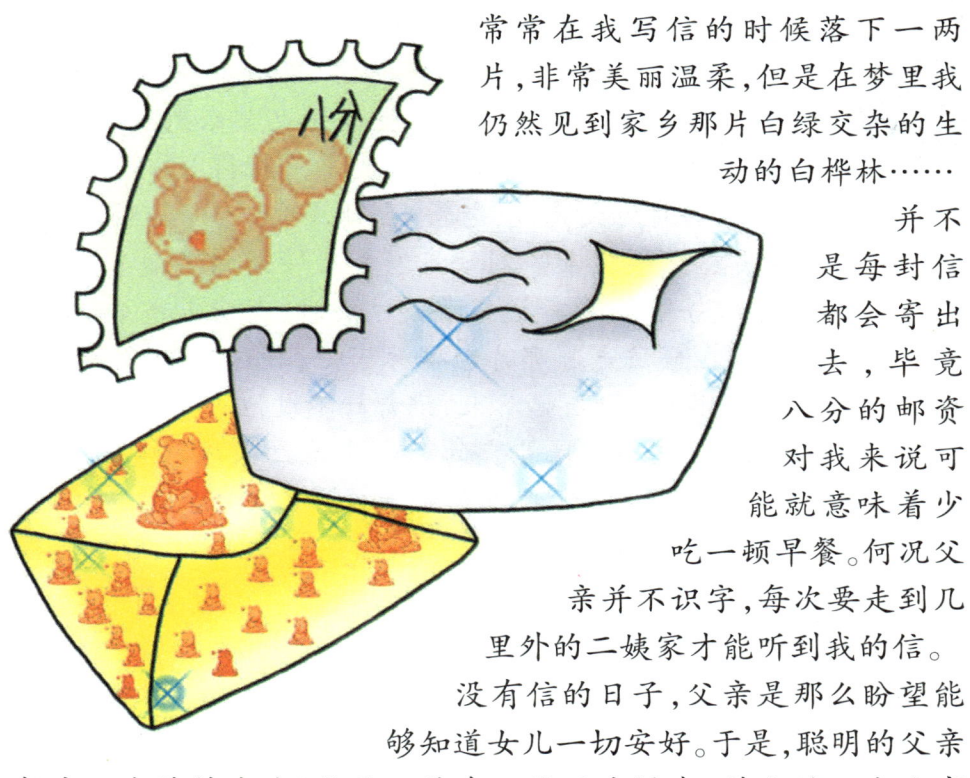

常常在我写信的时候落下一两片,非常美丽温柔,但是在梦里我仍然见到家乡那片白绿交杂的生动的白桦林……

并不是每封信都会寄出去,毕竟八分的邮资对我来说可能就意味着少吃一顿早餐。何况父亲并不识字,每次要走到几里外的二姨家才能听到我的信。

没有信的日子,父亲是那么盼望能够知道女儿一切安好。于是,聪明的父亲想出一个绝妙办法。他让二姨在回信里告诉我,镇上的一个小商店有电话,他和老板很熟,已经说好了,以后每个星期六晚7点我把电话打过去,他会准时在那里。

而他,其实并不接那电话,只笑呵呵地张开嘴,贪婪地听着那美妙的来电铃声,直到它最后消失。他一直觉得那欢快的铃声就是女儿的真心笑声,只要女儿的电话铃声准时响起,他就明白女儿在他乡一切安好。

我家所在的村庄离镇子有近10里的路,中间有一片宽广的白桦林。每个星期六的黄昏,我的父亲,一个中年的东北汉子,会雄赳赳气昂昂地两次穿过那片白桦林。母亲说村子里的人这一天都能听到他嘹亮的歌声。

我还记得那个大雪纷飞的周末,那天是父亲的生日,我多么希望他能接我的电话,我不知道有多少话要亲口

读好书系列

对他说。我的论文在一家核心刊物上发表了,我用稿费买来了毛线,准备亲自给他织条围巾!有一个师兄一直和我每月去做义工,他说他也要给爸爸"打电话"!我们寝室昨晚评比,我的老爸获得"最有创意老爸"称号!还有,我要对他大声说:老爸,生日快乐!

可是我的笑呵呵的父亲等到铃声消失后即刻站了起来,昂首走出了商店。等我手忙脚乱再插好卡拨过去时,商店老板告诉我:"闺女,你老爸现在应该走进那片白桦林了吧,我这里是看不到他的影子了。你老爸很棒呢,走起路来,谁都赶不过他。"

那晚,我做了一个梦,梦见我的父亲穿着红披风站在那片白桦林里,四周都是电话机,他拨电话给我,爽朗地大笑道:"闺女呀,老爸现在有好多电话了呀!"

据说,父亲后来接到我的来信,知道我非常希望那天他接电话,想亲自对他说生日快乐时,大笑道:"傻丫头,我不都在电话铃声里听到了嘛!"

感悟人间大爱的
真情故事

读好书系列

眼睛

真情感言

女儿在为父亲画下眼睛的时候，看到了父亲内心深处那些令人感动的内容。父亲虽然没有参加女儿的画展，但那双眼睛却代替父亲，和她一起完成了开展的仪式。

老莫40岁那年送他13岁的女儿去城里上初中。

去学校报到的前一天，女儿站在他的面前说："爸，我要走了，有什么要交代的吗？"

老莫看看女儿，仰仰头看着已经过时的木质房顶，看看房梁上两只即将南飞的燕子。老莫说："把你的画夹拿来。"

女儿从小就有画画的天赋，她的画在学校有些名气。女儿疑惑地拿出画夹。

老莫拽拽上衣，捋捋头发，屁股在椅子上挪了挪，坐得端端正正。

"没有什么要交代的,我要你画一张画,画我的眼睛。"女儿和父亲对视着,过了好一会儿,她才开始画那双深沉似海的眼睛。画的过程中,她几次凝视着父亲的脸,凝视着父亲的眼睛,甚至停下了画笔。老莫看见女儿的眼里渐渐地蓄满了泪水,直到老莫提醒女儿,女儿才又重新画起来……

画完了,终于画完了。几乎花费了两个小时,女儿才完成了这幅叫作《眼睛》的画。扔下画笔,她再也抑制不住,扑进父亲的怀里呜呜地哭起来。老莫抚着女儿的头,一种如山父爱和岁月的沧桑袭上心头。

好久好久,女儿由恸哭变成抽泣,她擦擦眼泪,娓娓地说:"爸,长这么大,我第一次这样仔细地看你的眼睛。爸,你的眼里藏着很多东西,真的,有那么丰富的内容。爸,你老了,你的眼角有了那么多的皱纹……"他仰着头听着女儿的叙说,泪水从眼眶里溢出。慢慢地,女儿依偎在他怀里睡着了。

女儿走了,在城里的振兴中学读书。

女儿每周回一次家。周末的傍晚,老莫和妻子蹲在路边等着女儿从那辆城乡中巴上走下来的身影。

这年初冬,老莫进城去文联开一个座谈会,座谈会结

读好书系列

束,老莫去了振兴中学。

老莫站在校园里,在匆匆的人流中寻找着女儿的影子。忽然他听见一声喊:"爸!"女儿气喘吁吁地站在他的面前,脸红扑扑的。女儿说:"爸,你吃饭了吗?"

老莫点点头。老莫看一眼女儿说:"你上课吧,我走了。"女儿拉住父亲的手,把他领到自己的寝室。女儿说:"爸,你歇会儿,等我下课了你再走。"

老莫看见女儿的寝室收拾得很干净,在女儿床头桌子的玻璃板下,他看到了那幅叫作《眼睛》的画。老莫长久地注视着这幅画,连眼角的鱼尾纹都画得很逼真。老莫翻看了女儿的书,看到了女儿的日记本,日记本里竟也有一幅名为《眼睛》的画。隔一页,老莫看到了女儿的日记《父亲的眼睛》:若不是父亲让我画眼睛,也许我一生都不会这样认真地看他的眼睛。那是一双充满内容的眼睛,有一种深沉的父爱,有对女儿的期望。从父亲眼角的皱纹中我读出了父亲的艰辛。13岁,不小了,这双眼睛让我学会思考,告诉

我不要辜负父母的希望……

从此老莫再也没有去过女儿的学校,只是每个星期天,总要亲自下厨。

女儿顺利地考上了县一高,在学好课程之外,依然执着地爱着画画。三年后,女儿考入了省美院。大二的时候,女儿的作品开始发表,那幅《眼睛》被登在北京一家权威杂志上,受到好评。

大三那年的冬季,省美院为女儿举办了一场个人画展。女儿提前约父亲,请父亲一定参加。开展的那天下着小雪,展厅外一片洁白。为等老莫,典礼推迟了一个多小时。老莫到底没有来,女儿无奈,把一幅大大的名为《眼睛》的画放在主席台上的一把空椅上。仪式结束,客人们涌进展区,她怅然若失地踱出展厅。雪已经把这个城市变成了银白,有一只鸟儿从低空掠过,她觉得此刻自己像这只鸟儿一样孤独。然而刹那间她眼睛一亮,眸子里盈满了泪水,她看见了那双眼睛,还有母亲的身影……

雪在无声地下着,世界一片纯白。

读好书系列

另一种幸福

真情感言

不要因为乌云曾经蔽日就放弃阳光。只有从不幸中站起来,去感受生活中更多的幸福,才能更加健康地成长。

戴比乐非常想成为一个优秀的长跑运动员。但是,大学毕业后,他的梦想却在生活中成了幻想,他成了一个教文学的老师。

初次走上讲台,他觉得有点儿紧张。嘿,先平静一下,看了几眼墙上的彩色人像和明丽风光,他开始上课了。

"如果感觉到幸福你就拍拍手。"戴比乐大声对所有的同学说,他试图通过这种方法激发他们的想象力和敏感性,让他们学会表达。

孩子们纷纷举手,跟

着戴比乐拍手。他们的面孔,从僵硬乏味立刻变为鲜活生动。戴比乐更加激情澎湃,他的视线,如手提摄像机镜头一样摇晃着,从一个学生跳跃到另一个学生,最后,定格在一个男孩儿脸上——他是那样的面无表情!戴比乐又重复了一次,男孩儿依旧没有表情。

"你叫什么名字?"戴比乐开始冒火。

男孩儿抿紧了嘴唇,一声不吭,表情甚至有些愤怒。戴比乐又问了一句,他还是不说话。不过学生们却显得很平静,按照一般的情况,他的举动应该可以勾起大家的好奇。但是,所有的孩子都没有去关注这样一个事件。只有一个学生轻轻地说:"老师,他叫杰米。"

戴比乐深吸了一口气,终于克制下来,继续上课。他的情绪被彻底破坏了,慢腾腾地布置了作文题目:幸福。然后坐在一边沉默不语。

下课之后,他把杰米叫到了办公室,尽量亲切地说:"你为什么不和大家合拍呢?下次不可以,知道吗?"

男孩子在口袋里抄着手,低着头,沉默地点头。一直

读好书系列

到他回到教室,他的右手始终放在口袋里没拿出来。戴比乐心想:嘿,我遇到了一个脾气倔强的孩子。带着疑问和不解,他只好向其他同学打听事情的究竟。

"杰米的右手以前触过电,被切断啦!"有一个女生这么说,戴比乐的心猛然一缩。

晚上,戴比乐坐在房间一本一本地看交上来的作文,把封皮上写着"杰米"的本子,单独抽出来。

第二天,戴比乐仿佛什么都没有发生过,平静地走上讲台,然后把前一天的作文本发下去。直到最后五分钟,他说:"我们重复一下昨天的游戏好不好?"

"好!"

"但是我们要稍微修改一下。开始!如果感到幸福,你就跺跺脚。"

戴比乐带头跺起来,他的左右两只脚一起动着,看上去非常滑稽。

他们都是聪明而细心的孩子。在一分钟后,教室里响起剧烈如暴风雨般的跺脚声。其中,戴比乐听到最特别的一个声音,那是杰米发出来的。因为,杰米跺脚的声音最大,并且眼眶里含着泪。

戴比乐在杰米的作文本上打了有史以来第一个95分,后面还附加了一段话:"为什么没有给你满分?原因是你因为身体的不

幸,而拒绝了让自己的心感到幸福。你是否注意到,你的老师其实是一个被截去左脚的人,那背后,也有老师的不幸故事。但是,他没有拒绝让心去感受不幸之外的幸福。所以,他虽然选择了做一名平凡的文学老师,却仍然认真、快乐地生活着。"

读好书系列

母亲的信

真情感言

"可怜天下父母心",也许有很多人,当他们为人父母的时候,才能真正体会父母的苦心。给父母更多的关爱吧,就从现在开始。

母亲的信来了。

在初来城里的日子,瓦西总是焦急地等待着母亲的信,一收到信,便急不可待地拆开,认真地读着。半年以后,他已是无精打采地拆信了,脸上露出冷笑——信中那老一套的内容,不屑看他也早知道了。

母亲每周都寄来一封信,开头总是千篇一律:"我亲爱的宝贝小瓦西,早上(或晚上)好!这是妈妈在给你写信,向你亲切问好,带给你我最良好的祝愿,祝你健康幸福。我在这封短信里首先要告诉你的是,感谢上帝,我活着,身体也好,这也是你的愿望。我还急于告诉你:我日子过得很好……"

每封信的结尾也没什么区别:"信快结束了,好儿子,我恳求你,我祈祷上帝,你别和坏人混在一起,别喝伏特加,要尊敬长者,好好保重自己。在这个世界上你是我唯一的亲人,要是你出什么事,那我就肯定活不成了。信就写到这里。盼望你的回信,好儿子。吻你。你的妈妈。"

因此,瓦西只读信的中间一段。一边读一边轻蔑地蹙起眉头,对妈妈的生活兴趣感到不可理解。尽写些鸡毛蒜皮的事情:什么邻居的羊钻进了帕什卡·沃罗恩住的园子里,把他的白菜全啃坏了;什么瓦莉卡·乌捷舍娃没有嫁给斯杰潘·罗什金,而嫁给了科利卡·扎米亚京;什么商店里终于运来了紧俏的小头巾——这种头巾在城里要多少有多少。

瓦西把看过的信扔进床头柜,然后就忘得一干二净,直到收到下一封母亲泪痕斑斑的来信,其中照例是恳求他看在上帝的面子上写封回信。

瓦西把收到的信塞进兜里,穿过下班后变得喧闹的宿舍走廊,走进自己的房间。今天发工资了,小伙子们准备上

读好书系列

街,忙着熨衬衫、长裤,打听谁要到哪儿跟谁有约会,等等。瓦西故意慢吞吞地脱下衣服,洗了澡,换了衣服。等同房间的人走光了以后,他锁上房门,坐到桌前,从口袋里摸出还是第一次领工资后买的记事本和圆珠笔,翻开一页空白纸,沉思起来……

就在一个钟头以前,他在回宿舍的路上遇见一位从家乡来的熟人。相互寒□几句之后,那位老乡问了问瓦西的工资和生活情况,便含着责备的意味摇着头说:"你应该给你母亲寄点钱去。冬天眼看就到了,家里的人运木柴,又要劈又要锯,你母亲只有她那一点点养老金……你是知道的。"

瓦西自然是知道的。他咬着嘴唇,在白纸上方的正中仔仔细细地写上了一个数字:126。然后由上到下画了一条垂直线,在左栏上方写上"支出",右栏上方写上"数目"。他沉吟片刻,取过日历计算到预支还有多少天,然后在左栏写上:12,右栏写一个乘号和数字4,得出总数为48。接下去就写得快多了还债——10,买裤子——30,储蓄——20,电影、跳舞等——4天,1天2卢布——8,剩余——10。瓦西哼了一声,10卢布,给母亲寄去这个数是很不像话的,村里人准会笑话。他摸了摸下巴,毅然划掉"剩余"二字,改为"零用",心中叨咕着:等下次领到预支工资再寄吧。

他放下圆珠笔,把记

感悟人间大爱的
真情故事

事本揣进口袋里,伸了个懒腰,想起了母亲的来信。他打着哈欠看了看表,掏出信封,拆开,抽出信纸,当他展开信纸的时候,一张3卢布的纸币轻轻飘落在他的膝上……

读好书系列

幸福的第六根手指

真情感言

一根蜷曲了整整15年的大拇指,是另外一根小小的第六指之所以存在的全部理由。当把这样两只手放在一起时,它就是一种无法言喻的幸福。

安东尼生下来的时候,他的右手大拇指左侧居然多长了一根小小的第六指!医学上称这种现象为"六指"。其实,安东尼的六指不影响正常生活。但安东尼的父亲认为这根多余的手指会影响儿子的健康成长。为了不让安东尼长大后伤心自卑,他们把刚出生的安东尼带到了婴幼儿医院。

医生告诉他们,至少得等8年才能替安东尼做手指切除术。安东尼的父母有些失望,可爷爷萨特听说后却安慰他们:"没事儿,我保证我孙子在这8年中会和其他小孩一样健康聪明地成长。"

安东尼长大了,那根小小的第六指也同样变大了。安东尼当然还不知道多长一根手指有什么不妥,而家里其他人却已经对这个小小的"肉钉"动了心思。尽管爷爷萨特表现得一点也不担心,但他的内心却也一样不安,他害怕有一天安东尼会因为这个与众不同的第六指而伤心颓废甚至自暴自弃。

安东尼一天天长大,他学会了说话,学会了走路,而萨特也开始着急为第六指寻找最合适的存在理由。

120

感悟人间大爱的
真情故事

终于有一天，3岁的安东尼从幼儿园回家后，眼泪汪汪地问萨特："爷爷，为什么我比其他小朋友多长出一根手指头呀？"萨特不知从哪里找到的灵感，他拍拍孙子的头许诺，只要他闭上眼睛就告诉他一个奇妙的故事。安东尼听话地闭上了双眼，萨特轻声说道："安东尼，你看，我的左手大拇指蜷曲了，它在我掌心里睡着了。"萨特掌心向上，将大拇指藏在掌心里，他告诉安东尼："你出生后，我这根手指就再也伸不直了，我想它肯定是想贴着我的掌心偷懒，所以……""所以，我就替您长了一根手指对吗？"聪明的安东尼马上睁开眼睛，破涕为笑了。萨特无比激动地拉过安东尼，把孙子的右手和自己的左手并排放在一起，说："瞧，这不就是两只手吗？正好10个手指，不多也不少！"

天真的安东尼开心地笑了。刚刚还因小朋友们的取笑而伤心的他，这会儿甚至为自己多长了这根手指而自豪呢！萨特迅速把这个故事告诉了所有的家人和朋友，他还请安东尼的老师一起来帮助安东尼。当老师惊异地问萨特怎么会想到这个绝妙的方法时，萨特笑道："是因为奇妙的亲情啊，有一段时间，我甚至考虑过是否割掉我的大拇指呢。"

开始，萨特只是在见到安东尼时，才会条件反射般地把左手拇指蜷起来，有时时间稍长一点，他的左手大拇指

读好书系列

就会麻麻地生疼，非得右手帮忙才能舒展开。渐渐地，萨特竟然习惯了时刻把左手拇指蜷起来，不熟悉他的人还以为萨特真的只有4根手指呢。

聪明懂事的安东尼听了爷爷的故事后，突然对他的第六指特别爱护起来，他总喜欢在小小的第六指上涂很厚的营养霜，以免它干裂。他还告诉所有人，他为爷爷长了一根大拇指。萨特也没有预料到，这个善意的谎言会让安东尼因为一根多余的指头而比别的孩子更幸福。

转眼，安东尼8岁了，当他听说他可以手术切除多余的手指时，连忙问萨特："爷爷，我切除第六根手指后，您的手指会重新伸直吗？"萨特的心里涌起一阵温暖，他也很想伸直这根手指啊，可是长久的蜷曲已经使得手指完全变形，要重新扳直它好像已不大可能。为了让安东尼安心去做手术，萨特用纱布缠住自己的大拇指，他告诉安东尼他已经动了手术，他的手指马上就可以伸直了。这样，安东尼才听话地去医院做了手术。

安东尼的手术非常成功，而萨特手上的纱布却缠了好久。他想尽办法使自己的手指伸直，但不争气的大拇指却不听他使唤。安东尼做完手术后，见爷爷的手还没伸展开，十分沮丧，他甚至说爷爷欺骗了他，他很后悔失去了那根属于爷孙俩的第六指。

10年后，78岁的萨特突发心肌梗死去世了。他去世时，左手掌心向上，大拇指一如既往地静静躺在掌心里，这年安东尼18岁。也就是说，萨特的左手大拇指已经蜷曲了整整15年。

安葬萨特后，安东尼的父母告诉了他第六指的故

感悟人间大爱的
真情故事

事,安东尼十分震惊,他跪在爷爷的遗像前号啕大哭。

后来,安东尼成了一位人体器官学教授,他将他的实验室取名为"第六指与一双手",安东尼对人体各种器官,特别是对手指的研究取得的成就,在国际医学领域无人能及。生命中曾拥有的那根幸福的第六指,以及爷爷那根蜷曲了15年的大拇指,确实给安东尼的爱情、事业和人生指明了方向。

123

读好书系列

装满爱的银行卡

真情感言

爱心由叔叔到女孩儿，再到堂弟，完成了一次感人的传递。或许女孩儿辛苦攒下的7000元钱是微不足道的，但卡里储存的爱，却是一笔无价的财富。相信用这样一张装满爱的银行卡，一定能提取到浓浓的爱意。

她10岁时母亲因病去世，13岁时开长途货车的父亲在一场车祸中丧生。从此，她跟着二叔一家生活。

她是个懂事的女孩，学习成绩不错，待人有礼貌，每天尽可能帮婶婶做家务，辅导堂弟学习，绝不给大人添一点儿麻烦。

日子一天天过去，18岁那年，她终于如愿以偿地考上了心仪的大学。可拿到录取通知书后，她突然对二叔说："我不想去上大学了。"二叔家并不富裕，开出租车的二叔一个月只有1000多元收入，婶婶是做家政的，月收入也就五六百元，要供她和堂弟两人吃穿上学，日子过得紧巴巴的。她想，自

感悟人间大爱的
真情故事

己若上大学,光学费就是一笔巨大的支出,叔叔婶婶养她五年,这已让她感激不尽,怎么能再给他们增加负担呢?

二叔听到她的决定后吃了一惊:"人家想考还考不上呢,你考上了却不读?哪有这样的道理!"见她沉默不语,二叔笑了,"你是不是怕我们拿不出你上大学的费用?钱的问题,你不用操心。你父亲出车祸后,人家给了6万元补偿费。那也算是你爸妈留下的一笔遗产吧。这笔钱一直由我们保管着,一分钱也没动,专供你上学用。""真的!"她一阵惊喜,用探询的目光看着婶婶。

婶婶看看二叔,点了点头。

二叔还拿出银行卡来让她看,说所有的钱都存在里面。

她悬着很久的心彻底放下了,很快恢复了以往的自信。前往大学报到时,二叔为她办了一张银行卡,说好每个月按时往卡里给她打入生活费。

一开始,她在大学的生活过得很节俭,她把自己每月的消费定在400元以内。她认真算了一笔账,如果在生活上节约点儿,四年大学读下来,父母留下来的那笔钱不仅够用,还能省下一些。她大学毕业时恰好赶上堂弟进大学,她要把省下来的钱给堂弟做学费,也算是她对叔叔婶婶养育之

125

读好书系列

恩的一点儿报答吧。

可是不到一学期她就发现,在繁华的都市里,每月400元根本不够用,除了吃饭,还有其他花销,比如买件好点儿的衣服,买个像样的背包,买支同宿舍女生都有的口红,400元实在是捉襟见肘。她最想买部手机,大学里活动多、朋友多,有手机联系起来会方便些。可买手机需要那么多钱呢,犹豫了好一阵子,她还是打电话给二叔,讲明自己的意图,请求二叔多打点儿钱到她的卡里。二叔沉吟了一会儿才说:"你走之前,我就应该想到的。你放心,过几天我就把钱打到你的卡上。"

一星期后,二叔将钱打到了她的银行卡上。不久,他又专门打电话询问钱是否够用。电话这头,她说:"叔,以后每个月给我打300元到卡上就够了。我找了一份兼职,每个月可以挣好几百呢!"她沉稳的语气让二叔感到有些奇怪。二叔坚决不让她做兼职,说能保证她的生活费,她只要好好读书就行了。她笑了:"二叔,这是为以后毕业找工作做准备呢。没有兼职经历,以后找工作难啊!"再后来,她又告诉二叔,说她获得一等奖学金,加上兼职的工资,生活费已足够了,不用再给她的卡打钱了。爸妈的遗产就放在叔叔婶婶那里吧。

堂弟考上大学了!刚从大学毕业的她特意赶回二叔家为堂弟祝贺,一家人吃过午饭,她掏出一张银行卡放到堂弟手里说:"小

126

弟,这里面有7000元,钱虽不多,却是姐姐的一份心意,你收下做学费吧。姐姐已经工作了,以后你每个月的生活费也由姐姐来承担。"二叔吃惊地看着她说:"你才毕业,哪来这些钱?再说,弟弟也应该由我和你婶婶养,怎么能让你出钱?"说着坚决将那个银行卡塞回她的手中。她笑着问:"叔,你忘了我父母给我留下一笔遗产吗?"二叔愣了一下,有些不好意思地看着她,结结巴巴地说:"是啊,可那毕竟是你的钱啊!"她眼睛湿润了:"二叔,你和婶婶就别骗我了。我早就知道我爸妈根本没什么遗产,所谓遗产都是你为了让我安心读书编出来的……"

原来,那一年二叔将买手机的钱刚寄给她,她就接到姑姑的电话。姑姑生气地说:"你这么大了,怎么还不懂事?你二叔供你上学已经很不容易了,这次为了筹集你的学费,又借了一大笔债,你居然还让二叔给你买手机。你怎么好意思开口!"她吃了一惊:"我爸妈不是给我留下一笔钱,暂时由二叔保管吗?"姑姑惊诧不已:"你爸妈啥时候留钱给你了?你妈妈生病花光了家里的积蓄,你爸爸那次出车祸是因为违章驾驶,根本没得到一分钱赔偿……"那天挂断电话后,她跑到无人的地方,握着那张银行卡哭了一整天。

后来的日子里,她为了获得一等奖学金很努力地学习,课余时间还去打零工、做兼职。她不但用这些钱养活了自己,还往银行卡里一点一点地存钱。她感觉每存进一笔钱,就存进了一份爱。三年后的这天,她终于可以将这张装着爱的银行卡交到堂弟的手里……

读好书系列

爱的礼物

真情感言

金钱无法衡量爱,对于家人来说,温情显然比物质更重要。多拿出一些时间去陪陪你的家人,让家里多一些温暖,多一些爱。

爱德华先生是个成功而忙碌的银行家。由于每天跟钱打交道,不知不觉,他养成了用钱打发一切的习惯,不仅在生意场上,对家人也如此。他在银行为妻子儿女开设了专门的户头,每隔一段时间就拨大笔款额供他们消费;他让秘书去选购昂贵的礼物,并负责在节日或者家人的某个纪念日送上门。所有的事情就像做生意那样办得井井有条,可他的亲人们似乎并没有从中得到他们所期望的快乐。时间久了他自己也委屈抱怨:为什么我花了那么多钱,可他们还是不满意,甚至还对我有所抱怨?

感悟人间大爱的
真情故事

爱德华先生订了几份报纸,以便每天早晨可以浏览到最新的金融信息。原先送报的是个中年人,不知何时起,换成了一个十来岁的小男孩。每天清晨他着骑单车飞快地沿街而来,从帆布背袋里抽出卷成筒的报纸,投到爱德华先生家的门廊下,再飞快地骑着车离开。

爱德华先生经常能隔着窗户看到这个匆忙的报童。有时,报童一抬眼,正好也望见屋里的他,还会调皮地冲他行个举手礼。

一个周末的晚上,爱德华先生回家时,看见那个报童正沿街寻找着什么。他停下车,好奇地问:"嘿,孩子,找什么呢?"报童回头认出他,微微一笑,"我丢了5美元,先生。""你肯定是在这里丢的吗?""是的,先生。今天我一直待在家里,只来这一个地方送过报纸。"

爱德华先生知道,这个靠每天送报挣外快的孩子不会生长在生活条件优越的家庭,而且他还可以断定,那丢失的5美元是这个孩子一天一天慢慢攒起来的。一种怜悯心促使他下车,他掏出一张5美元的钞票递给他,说:"好了孩子,你可以回家了。"报童惊讶地望着他,并没有伸手接这张钞票,他的神情里充满尊严,分明在告诉爱德华先生:他不需要施舍。

爱德华先生想了想说:"算是我借给你的,明早送报时别忘了给我写一张借据,以后还我。"报童终于接过了钱。

第二天,报童果然在送报时交给爱德华先生一张借

129

读好书系列

据,上面的签名是菲里斯。其实,爱德华先生一点儿都不在乎这张借据,他倒是更关心小菲里斯急着用5美元干什么。"买个圣诞天使送给我妹妹,先生。"菲里斯爽快地回答。孩子的话提醒了爱德华先生,可不是吗,再过一星期就是圣诞节了。遗憾的是,自己要飞往加拿大洽谈一项并购事宜,不能跟家人一起过圣诞节了。

晚上,一家人好不容易聚在一起吃饭时,爱德华先生宣布:"下星期,我恐怕不能和你们一起过圣诞节了。不过,我已经交代过秘书在你们每个人的户头里额外存一笔钱,随便买点什么吧,就算是我送给你们的圣诞礼物。"饭桌上并没有出现爱德华先生期望的热烈回应,家人们都只是稍稍停了一下手里的刀叉,相继对他淡淡地说了一两句礼貌的话以示感谢。爱德华先生心里很不是滋味。

星期一早晨,菲里斯照例来送报,爱德华先生却破例走到门外与他攀谈。他问孩子:"你送妹妹的圣诞天使买了吗?多少钱?"菲里斯点头微笑道:"一共48美分,先生。我昨天在跳蚤市场用40美分买下一个旧芭比娃娃,再花8美分买了一些白色纱、绸和丝线。我同学拉瑞的妈妈是个裁缝,她愿意帮忙把那个旧娃娃改成一个穿漂亮纱裙、长着翅膀的小天使。要知道,那个圣诞天使完全是按童话书里描述的样子做的——我妹妹最喜欢的一本童话书。"

菲里斯的话深深触动了爱德华先生,他感慨道:"你多幸运,48美分的礼物就能换来妹妹的欢喜。可是我呢,即便付出了比这

多得多的钱,得到的不过是一些不咸不淡的客套话。"菲里斯眨眨眼睛,说:"也许是他们没有得到所希望的礼物?"爱德华先生皱皱眉头,不解地说道:"我给他们很多钱,难道还不够吗?"菲里斯摇头道:"先生,圣诞礼物其实就是爱的礼物,不一定要花很多钱,而是要送给他们心里希望的东西。"

菲里斯沿着街道走远了,爱德华先生还站在门口,沉思好久好久才转身进屋。屋子里早餐已经摆好了,妻子儿女正等着他。这时,爱德华先生没有像平时那样自顾自地边喝牛奶边看报纸,而是对大家说:"哦,我已经决定取消去加拿大的计划,想留在家里跟你们一起过圣诞节。现在,你们能不能告诉我,你们心里最希望得到什么样的圣诞礼物呢?"

"真的吗?"爱德华先生的妻子儿女几乎异口同声地问道。他们脸上洋溢着的幸福是爱德华先生从来没有看到过的。

读好书系列

永不泯灭的亲情

真情感言

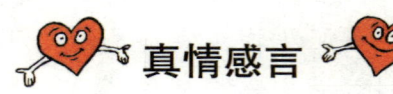

亲情因贫困而升华。母爱的浩瀚，也许不是出自一种责任，而是源自母亲的本能。她可以牺牲一切，只为孩子能够健康地成长。

1997年9月5日，是我离家去北京大学数学研究院报到的日子。袅袅的炊烟一大早就在我家那幢破旧的农房上升腾。跛着脚的母亲在为我擀面，这面粉是母亲用五个鸡蛋和邻居换来的，她的脚是前天为了给我多筹点学费，推着一整车蔬菜去镇里时路上扭的。端着碗，我哭了，我撂下筷子跪到地上，久久地抚摸着母亲肿得比馒头还高的脚，眼泪一滴滴滚落在地上……

我的家在天津市武清县大岱村，我有一个天下最好的母亲，她名叫李艳霞。我出生的时候，奶奶便病倒在炕头上。四岁那年，爷爷患了支气管哮喘和半身不遂，家里欠的债一年比一年多。七岁那年，我上学了，学费是妈妈向人借的。我总是把同学扔掉的铅笔捡回来，用线捆在一根小棍上接着用，或用橡皮把写过字的练习本擦干净，再接着用。妈妈有时也会心疼得掉眼泪，我总是安慰她说："没什么，妈妈，我用别人剩下的笔和用过的本一样能考第一。"

1994年5月，天津市举办初中物理竞赛，我是市郊五县学生中唯一考进前三名的农村孩子。那年6月，我被天津一中破格录取，我欣喜若狂地跑回家把这个消息告诉家人时,他们的脸上竟堆满愁云。奶奶去世不到半年,爷爷也生命垂危,家里现在已欠了一万多元的债。我默默地回到房中,流了一整天的泪。晚上,我听到屋外有争吵声。原来是妈妈想把家里的那头驴卖掉,好让我上学,爸爸坚决不同意。他们的话让病重的爷爷听见,爷爷一急竟永远离开了人世。安葬完爷爷,家里又多了几千元的债。我再也不提上学的事了,把录取通知书叠好塞进枕套,每天跟妈妈下地干活。

　　过了两天,我和爸爸同时发现小毛驴不见了!爸爸铁青着脸责问妈妈:"你把小毛驴卖了?你疯了,以后整庄稼、卖粮食你去用手推、用肩扛啊?你卖毛驴的那几百块钱能供他念一学期还是两学期……"妈妈哭了,她的声音一下提高了八度:"娃儿要念书有什么错?我就是用手推、用肩扛也要让他念下去。"捧着妈妈卖毛驴得来的六百元,我如愿以偿地上了高中。

　　那年秋天我回家拿冬衣,发现爸爸脸色蜡黄,瘦得皮包骨似的躺在炕上。妈妈若无其事地告诉我:"没事,重感

读好书系列

冒,快好了。"谁知,第二天我拿起药瓶看上面的英文,竟发现这些药是抑制癌细胞的。我把妈妈拉到屋外,哭着问她这是怎么回事,妈妈说自从我上一中后,爸爸便开始便血,一天比一天严重。妈妈借了六千元去天津、北京一遍遍地查,最后确诊为肠息肉,医生要爸爸赶快动手术。妈妈准备再去借钱,可是爸爸死活不答应。

邻居还告诉我,母亲是用一种原始而悲壮的方式完成麦子的收割的。她没有足够的力气把麦子挑到场院去脱粒,也没有钱雇人帮忙,她是熟一块割一块,然后再用平板车拉回家,晚上院里铺一块塑料布,用双手抓一大把麦穗在大石头上摔打……不等邻居说完,我便飞跑回家,大哭道:"妈妈,妈妈,我不能再读下去了……"妈妈最终还是把我赶回了学校。

我是天津一中唯一在食堂连青菜都吃不起的学生,只能买两个馒头;我也是唯一用不起稿纸的学生,只能用捡来的废纸打草稿;我还是唯一没用过肥皂的学生,洗衣服总是到食堂要点面碱将就。可是我从来

没有自卑过,我觉得妈妈是一个向苦难、向厄运抗争的英雄,做她的儿子我无上光荣!

1997年1月,我在全国数学竞赛中,以满分的成绩获得第一名,进入国家集训队,并在十次测验中夺魁。按规定,我赴阿根廷参加比赛的费用需自理。交完报名费,我把必备书籍和母亲做的黄豆酱包好,准备工作就结束了。班主任和数学老师看我依然穿着别人接济的,颜色、大小不协调的衣服,指着袖子接了两次、下摆接了三寸长的棉衣和那些有补丁的汗衫、背心说:"这就是你全部的衣服啊?"我不知所措,忙说:"老师,我不怕丢人,母亲总告诉我'腹有诗书气自华',我穿着它们就是去美国见克林顿也不怕。"

这次奥赛,我获得了金牌,这个消息当晚便在中央人民广播电台和中央电视台播出了。8月1日,当我们载誉归来时,中国科协、中国数学学会为我们举行了隆重的欢迎仪式。此时,我想回家,我想尽早见到妈妈,我要亲手把金灿灿的奖牌挂在她的脖子上……那天晚上十点多,我终于摸黑回到朝思暮想的家。开门的是父亲,可是一把将我紧紧搂进怀里的,依然是我那慈祥的母亲。朗朗的星空下,母亲把我搂得那样紧……我把金牌掏出来挂在她脖子上,畅畅快快地哭了。

8月12日,天津一中礼堂里座无虚席,母亲和市教育局的官员及著名的数学教授们一起坐上主席台。那天,我说了这样一席话:"我要用整个生命感激一个人,那就是我的母亲。她是一个普通的农妇,可是她教给我的做人的道理却可以激励我一生……如果说贫困是一所最好的大学,那我就要说,我的妈妈,是我人生最好的导师。"

台下,不知有多少双眼睛湿润了,我转过身,向我那双鬓已花白的母亲,深深地鞠躬……

读好书系列

小小的举动

感动了所有的人

真情感言

人们往往会在自己的沮丧中失去乐观生活的勇气,但只要你想去改变它,为它寻找一个转变的出口,就会有截然不同的感受。

去年圣诞节前夕,威廉·里德洛和妻子及三个孩子游历法国。一天,他们从巴黎到尼斯去。里德洛觉得一连几天事事不顺,下榻的旅店勒索敲诈,租来的汽车又出了毛病,令人沮丧。圣诞之夜,他们住进了一家又脏又暗的小旅店,心中早无欢度圣诞节的兴致。

天气寒冷,阴雨绵绵,里德洛一家出外就餐。他们走进路边的一家小饭铺,铺内装潢草率、毫无生气,而且油腻味特别重。里面只有五张饭桌,一对德国夫妇、两家法国人,还有一个没带伙伴的美国水兵。角落里坐着一位钢琴手,无精打采地弹奏着一首圣诞乐曲。

里德洛的妻子用法语订了饭菜,可端上来的却是另外的东西,他责备妻子,妻子抽抽搭搭地呜咽起来,孩子们站在妈妈一边护着她,里德洛的心乱极了。

坐在里德洛左边的那一家法国人,做父亲的因为一点鸡毛蒜皮的小事动手打了孩子,孩子开始号啕大哭;右面,德国女人训斥起她的丈夫来。

这时,一股毫无清新之意、令人生厌的冷空气涌进屋内,大家不约而同地抬起了头——正门走进一个上了年纪的法国卖花女,她身穿一件旧外衣,水淋淋的,一双破烂的鞋子也湿透了。她挎着一篮花,从一张饭桌挪向另一张饭桌。

"买花吗,先生?只要一法郎。"

众人无动于衷。卖花女疲惫地坐在美国水兵和里德洛之间的桌子旁朝店员喊道:"来一碗汤!整个下午连一束花也没卖出去。"她声音嘶哑地向钢琴手抱怨:"约瑟夫,圣诞前夕喝汤,你说啥滋味?"钢琴手指指空荡荡的钱匣子。

年轻的水兵用完餐,起身准备离开。他穿好衣服,走到卖花女的桌旁。"圣诞快乐!"他微笑地拿起两束花问:"多少钱?"

读好书系列

"两法郎，先生。"

水兵将其中一束小巧的花压平，夹在写完的信中，然后交给卖花女一张20法郎的钞票。

"我没有零钱，找不开，先生！"她说，"我跟店里的伙计先借一点儿。"

"不必了，夫人。"水兵俯身亲吻了一下她那苍老的面容，"这是我赠送给您的圣诞礼物。"

接着，他直起身，将另一束花拿在胸前，来到里德洛的桌旁。"先生！"他对里德洛说，"我可以将这些花献给你漂亮的女儿吗？"

他迅速将花递给里德洛的女儿，祝愿她们圣诞快乐后便离开了店铺。

在座的每一个人都中止了用餐，望着水兵的背影，寂静无声。转眼间，圣诞节的气氛像爆竹一样在店内骤然炸响。年老的卖花女跳起来；约瑟夫的十指魔术般地按着琴键，脑袋伴随着节奏晃动不止；里德洛的妻子随着音乐挥舞鲜花，开始歌唱，三个孩子也随妈妈一道，纵情高歌。

在这个装饰简陋的饭铺内，一个原本让人沮丧的夜晚变成了最美好的圣诞之夜。

138

用歌声唤起精神和勇气

真情感言

在困境中，焦虑不安只会阻碍你思考脱困的方法，只有平稳的心态才能让人保持头脑冷静，想出解困的方法，与此同时为他人带来信心和勇气。

1920年10月，一个漆黑的夜晚，在英国斯特兰腊尔西岸的布里斯托尔湾的洋面上，发生了一起船只相撞事件。一艘名叫"洛瓦号"的小汽船跟一艘比它大十多倍的航班相撞后沉没了，104名搭乘者中有11名乘务员和14名旅客下落不明。

艾利森国际保险公司的督察官弗朗哥·马金纳从下沉的船身中被抛了出来，他在黑色的波浪中挣扎着。救生船这会儿为什么还不来？他觉得自己已经气息奄奄了。渐渐地，附近的呼救

读好书系列

声、哭喊声低了下来，似乎所有的生命全被浪头吞没，死一般的沉寂在周围扩散开来。在这令人毛骨悚然的寂静中，突然传来了一阵优美的歌声，那是一个女人的声音，歌曲丝毫没有走调，而且也不带一点儿哆嗦。那歌唱者简直像面对着客厅里众多的来宾在进行表演一样。

马金纳静下心来倾听着，一会儿就听得入了神。教堂里的赞美诗从没有这么高雅，大声乐家的独唱也从没有这般优美。寒冷、恐惧刹那间不知飞向了何处，他的心境完全复苏了。他循着歌声，朝那个方向游去。

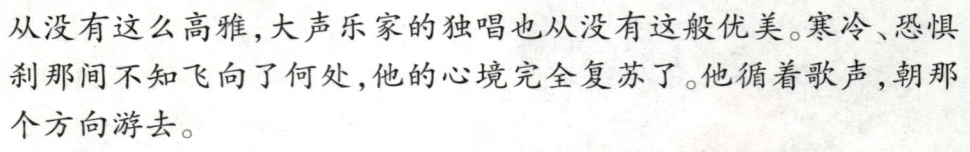

靠近一看，那儿浮着一根很大的圆木头，可能是汽船下沉的时候漂出来的。几个女人正抱住它，唱歌的人就在其中，她是个很年轻的姑娘。大浪劈头盖脸地打下来，她却仍然镇定自若地唱着。在等待救生船到来的时候，为了让其他妇女不丧失力气，为了使她们不致因寒冷和失神而放开那根圆木头，她用自己的歌声给她们增添着精神和力量。

就像马金纳循着姑娘的歌声游靠过去一样，一艘小艇也以那优美的歌声为导航，穿过黑暗驶了过来。于是，马金纳、那唱歌的姑娘和其余的妇女都被救了上来。

感悟人间大爱的
真情故事

最温暖的手

真情感言

绢子终于明白,这个世界上再珍贵的东西,也比不了面前这双最温柔的手,一双只属于她的手。祝福他们能够相扶相携,珍爱一生。

绢子有一双非常秀美的手,白皙、细嫩,手指修长圆润。小时候,身为教授的父母让她练习钢琴,十个指头在键盘上飞舞,如行云流水。

大伟是校工的孩子,绢子练习钢琴的时候,只有他会在一旁专心倾听,他是绢子最知心的朋友。

后来,绢子因一场车祸而失明了,钢琴也就成了摆设。养病的时候,绢子说想听听钢琴的声音。大伟胡乱地敲出音符,倒也像模像样,他说:"以后,我

141

代替你当钢琴家好了。"绢子摸着大伟温润的手,虽然还不是男人的手,却带着少年特有的柔软,暖暖的,一直暖到心里。

十年过去了,大伟大学毕业,成了一位普通的中学教师。他向绢子求婚,却遭到他父母的反对。

是的,绢子虽然漂亮,但终究是个盲人。虽然大伟只是校工的儿子,外表也不出色,但是找个健康的女孩根本不是难事。

大伟却固执地爱着绢子,他带绢子离开家,住进了租来的房子。大伟把房间布置好,紧握着绢子的手说:"从现在开始,我们不离不弃。"绢子能感觉到,这已是一双成熟男人的手,厚实、温暖、有力,令她有一种依赖的感觉。原来,手与手之间的依赖就像心对心的依赖一样。

绢子的世界是漆黑的,但大伟却成了她最明亮的眼睛。他怕她跌倒在冰冷的地板上,于是花了很多积蓄买最昂贵的地毯铺在地上;他怕家具突出的棱角碰伤了她,把棱角都裹上了柔软的胶皮;他不让她做任何家务,每天一下班,就往家里跑,买菜、做饭、洗衣……

后来,绢子在国外的亲戚接她去治眼睛。她终于在28岁这年,

重新成为
一个美目流
盼的女子。她
可以留在国外念书,也可以工作。这次轮到绢子的父母反对了:反
正没有结婚,你和他不存在任何关系。

　　绢子也不是没有过犹豫,她的身边出现了很多优秀的追求
者,随便选一个,都可以给她辉煌的人生。踌躇间她决定回国,回
到她和大伟的房子里。她看到大伟已经将她的东西收拾好了,大
伟敦厚地笑着,眼里满是伤感,可是他还是没有把挽留的话说出
口。他把行李放在她的手里,她碰到了他的手。

　　这双手,这双陪伴扶持了她多年的手,她却是这些年来第一
次见到。他是一个知识分子,手却像老农一样,苍老、青
筋突出、长满茧子。当一个单薄的躯体背负起另外一个
人的人生责任的时候,他就没有选择地成为遮风挡雨的
参天大树。而因为有了他,她的手,还如小时候那么洁
白,手指圆润透明,不染岁月的风霜。

　　绢子把大伟的手埋在自己的手里,十指紧扣,贴在
脸上,让泪水浸透,"从现在开始,我们不离不弃!"

读好书系列

暴风雨夜的奇遇

真情感言

关爱他人，会使你的生活充满阳光和欢笑；关爱他人，会使你的人生充满活力和希望。给别人更多的关爱，也会为自己带来更多的机会。我们每个人都需要爱，只有大家互相关爱，这个世界才会充满——爱！

很多年前的一个暴风雨的晚上，有一对老夫妇走进旅馆的大厅向柜台订房。

"很抱歉，"柜台里的人回答说，"我们饭店已经被参加会议的团体包下了。往常碰到这种情况，我们都会把客人介绍到另一家饭店，可是这次很不凑巧，据我所知，另一家饭店也客满了。"他停了一会儿，接着说："在这样的晚上，我实在不敢想象你们离开这里却又投宿无门的处境，如果你们不嫌弃，可以在我的房间住一晚，虽然不是什么豪华套房，却十分干净。我今晚就待在这里完成手边的订房工作，反正晚班督察员今晚是不会来了。"

这对老夫妇因为造成柜台服务员的不便，显得十分不好意思，但是他们谦和有礼地接受了服务员的好意。第二天早上，当老先生下楼来付住宿费时，这位服务员依然在当班，他婉拒道："我的房间是免费借给你们住的。"老先生说："你这样的员工，是每个旅馆老板梦寐以求的，也许有一天我会为你盖一座旅馆。"

144

年轻的柜台服务员听完笑了笑,他明白老夫妇的好心,但他只当它是个笑话。

几年后,柜台服务员意外地收到了那位老先生的来信,信中清晰地叙述了他对那个暴风雨夜的记忆。老先生邀请柜台服务员到纽约去看看他,并附上了往返机票。

几天之后,这位服务员来到了曼哈顿,于坐落在第五大道和34街间的豪华建筑物前见到了老先生。

老先生指着眼前的大楼解释道:"这就是我专门为你建造的饭店,我以前曾经提过,记得吗?"

"您在开玩笑吧?"服务员不敢相信地说,"都把我搞糊涂了!为什么是我?您到底是什么身份呢?"年轻的服务员显得很慌乱,说话略带口吃。

老先生很温和地微笑着说:"我的名字叫威廉·阿道夫·爱斯特。这其中并没有什么阴谋,因为我认为你是经营这家饭店的最佳人选。"

这家饭店就是著名的阿道夫·爱斯特莉亚饭店的前身,而这个年轻人就是乔治·伯特,他成了这家饭店的第一任经理。

读好书系列

真情感言

再纯真再深厚的友谊也比不上兄弟间这种超越生死的情感,能够拥有这样一位至交,便满足了一生的情感需求!

生死跳伞

汤姆有一架小型飞机。一天,汤姆和好友库尔及另外五个人乘飞机经过一个人迹罕至的海峡。飞机已飞行了两个半小时,再有半个小时,就可到达目的地。

忽然,汤姆发现飞机上的油不多了,估计是油箱漏油了,因为起飞前,他明明给油箱加满了油。

汤姆传达完这个消息后,飞机上的人一阵惊慌,汤姆安慰他们:"没关系的,我们有降落伞!"说着,他将操纵杆交给也会开飞机的库尔,走向机尾拿来了

感悟人间大爱的
真情故事

降落伞。

汤姆对库尔说:"库尔,我带着五个人先跳,你开好飞机,在适当的时候再跳吧。"说完,他带领五个人跳了下去。

飞机上就剩下库尔一个人了。这时仪表显示油料已用尽,飞机在靠滑翔无力地向前飞。库尔决定也跳下去。于是他一手抓紧操纵杆,一手抓过降落伞包。他一掏,大惊,包里没有降落伞,而是一包汤姆的旧衣服!库尔咬牙

读好书系列

大骂汤姆,他急得浑身冒汗,只好使尽浑身解数,往前能开多远算多远。

飞机无力地朝前飞着,往下降着,与海面距离越来越近……就在库尔彻底绝望时,奇迹出现了——一片海岸出现在眼前。他大喜,用力猛拉操纵杆,飞机贴着海面冲过去,"嗵"的一声撞在松软的海滩上,库尔晕了过去。

半个月后,库尔回到他和汤姆居住的小镇。

他拎着那个装着旧衣服的伞包来到汤姆的家门外,发出狮子般的怒吼:"汤姆,你这个出卖朋友的家伙,给我滚出来!"

汤姆的妻子和三个孩子跑出来,问他发生了什么事。库尔很生气地讲了事情的经过,并抖动着那个包,大声地说:"看,他就是用这东西骗我的!但是老天保佑,我没死,让他失望了吧!"

汤姆的妻子说了声"他一直没有回来",就认真地翻看那个包。旧衣服被倒出来后,她从包底拿出一张纸片。但她只看了一眼,就大哭起来。

感悟人间大爱的
真情故事

　　库尔一愣,拿过纸片来看。纸上有两行极潦草的字,是汤姆的笔迹,写的是:

　　"库尔:我的好兄弟,机下是鲨鱼区,跳下去必死无疑。不跳,没油的飞机不堪重负,会很快坠海。我带他们跳下后,飞机减轻了重量,肯定能滑翔过去……你就大胆地向前开吧,祝你成功!"

149

读好书系列

一、心爱之物买到手

真情感言

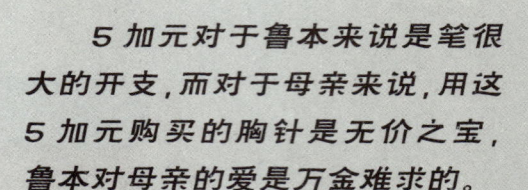

5加元对于鲁本来说是笔很大的开支,而对于母亲来说,用这5加元购买的胸针是无价之宝,鲁本对母亲的爱是万金难求的。

多年前的一天,12岁的鲁本·厄尔从纽芬兰岛罗伯茨湾一家商店经过时,橱窗里的一件商品使他怦然心动。可对这个孩子来说,这件标价5加元的东西实在是太贵了,因为这笔钱相当于他们全家人一周的开支。

虽然此时手中没有一分钱,可鲁本仍推开这家商店的门走了进去。他对店主说:"我想买橱窗内的那件商品。不过,我现在没钱,请您先别卖,给我留着好吗?"

感悟人间大爱的

真情故事

"行。"店主微笑地对他说。这孩子的表情让人觉得,他一准儿能把这件心爱之物买到手。

鲁本很有礼貌地告别店主,走出商店。走着走着,突然从旁边一条巷子传来一阵敲钉子的声音。他循声走到一个施工现场。当地居民的住房都是各家自己盖的,他们把钉子用完后,往往漫不经心随手就把装钉子的小麻袋给扔了。鲁本早就听说生产钉子的那家工厂回收这种麻袋,每条5分。于是,他把在工地上捡到的两条麻袋拿去卖了。在回家的路上,他的小拳头一直紧紧攥着那两枚5分硬币,生怕掉了。回家后,他把硬币装在一个空铁盒里,藏在粮仓内的干草垛底下。

此后,他每天下午一放学,便到大街小巷去找装钉子的小麻袋,购买橱窗内那件商品的强烈愿望始终激励着他。每逢母亲问他为什么天天这么晚才回家时,鲁本总以和小朋友一起嬉戏为由搪塞过去。

不知不觉间,第二年的5月已经来临。杨柳吐翠、嫩草飘香的5月令人心旷神怡,更令即将实现最大心愿的鲁本兴奋不已。这个月的第二个星期天,他无比激动地把藏在粮仓草垛下的小铁盒取出来,用发抖的双手将里面的硬币一枚不落地倒出来,仔细数了一遍,仍不放心,

151

读好书系列

又认真数了一遍,哇,只差20分就凑够5加元了!于是,他祈祷上帝保佑今天傍晚前能捡到对他来说至关重要的4条麻袋。随后,他把装钱的钱盒藏好,急匆匆去寻找麻袋。当夕阳渐沉时,他一溜烟儿赶到那家工厂,负责回收旧麻袋的那个人正在关闭厂门。鲁本心急火燎地喊道:"先生,麻烦您先别关门!"那人转过身,冲脏兮兮汗淋淋的小鲁本说:"明天再来吧,孩子!""求求您啦,我今天说什么也得把这4条麻袋卖掉——我求求您啦!"耳闻孩子颤抖的哀求声,目睹孩子泪汪汪的双眼,这个人不禁动了恻隐之心。"你干吗这么急着要钱?"那人好奇地问。"这是一个秘密,对不起!"孩子不愿泄露心中的秘密。

感悟人间大爱的 真情故事

拿到4枚5分硬币后,高兴得心都快要蹦出来的鲁本只含糊不清地向回收麻袋的人道了一声谢,便飞似地跑回粮仓,取出铁盒,继而又拼尽全力跑到那家店,把100枚5分硬币倒在柜台上。

鲁本汗流浃背地跑回家,撞开房门,冲了进去。"到这儿来一下,妈妈,请您快到这儿来一下!"他扯着嗓子朝正在拾掇厨房的母亲喊道。母亲刚走到跟前,鲁本便迫不及待地将自己用一年多的心血换来的珍宝放在妈妈手里。母亲轻轻打开包装纸,里面包着一个蓝色天鹅绒首饰盒,盒内放着一枚杏仁形胸针,上面镶着两个灿烂炫目的镀金大字"妈妈"。

看到儿子送给自己如此贵重的礼物,母亲欣喜若狂,热泪夺眶而出。她深情地望着鲁本,一把将他紧紧搂入怀中……

153

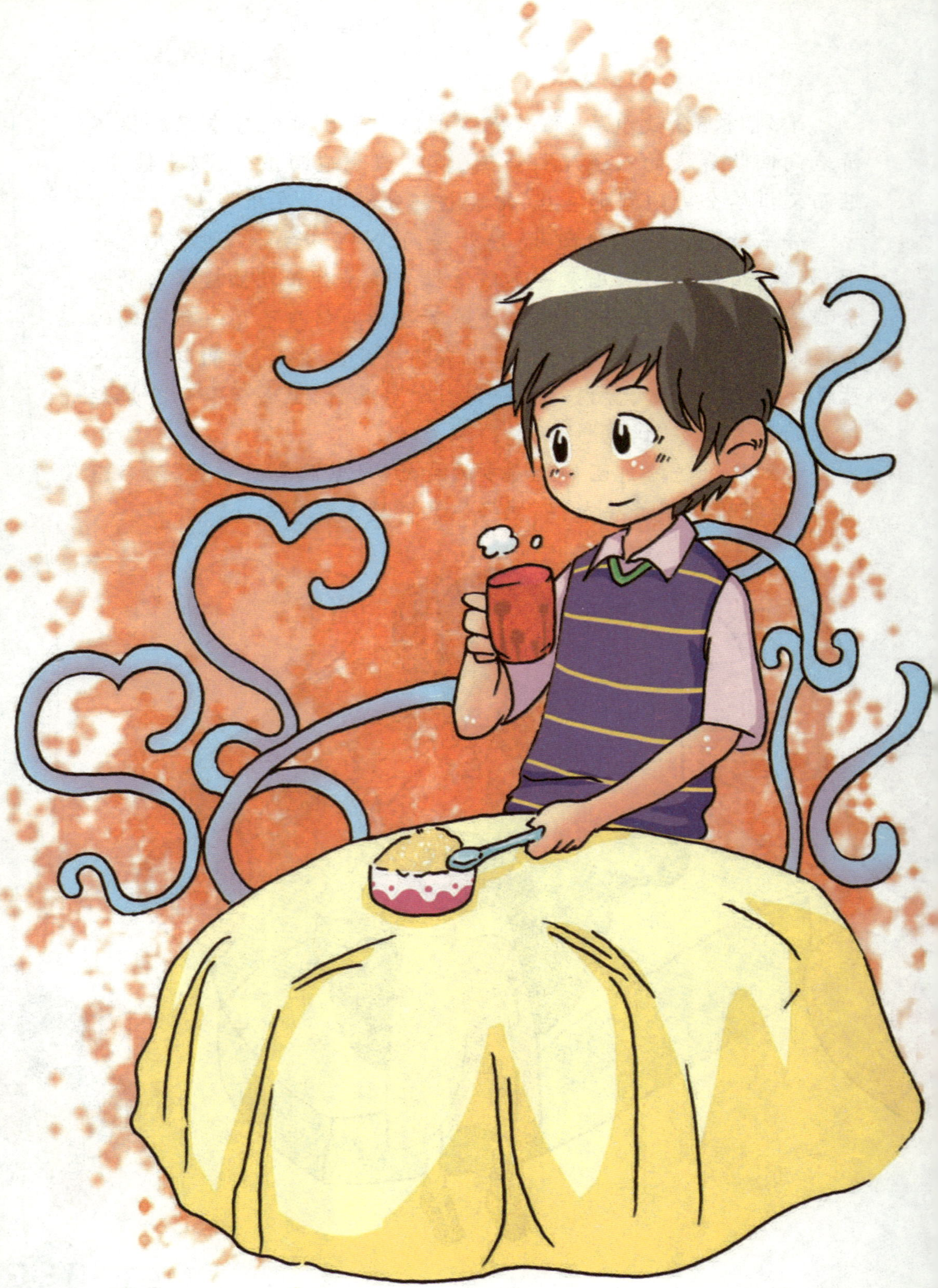